講談社文庫

乱れ坊主

公家武者信平《のぶひら》ことはじめ(十一)

佐々木裕一

JN041530

講談社

目次

乱れ坊主——公家武者信平《のぶひら》ことはじめ（十二）

第一話　林檎《りんご》の香り

一

鷹司《たかつかさ》松平信平《まつだいらのぶひら》は、五摂家《ごせっけ》鷹司家の血を引く者でありながら、庶子《しょし》ゆえ、他の五摂家に養子入りするか、門跡寺院《もんぜきじいん》に入るしかなかったのだが、そのどちらにもならず、姉を頼って江戸にくだった。

当時、三代将軍徳川家光《とくがわいえみつ》の正室《せいしつ》だった姉孝子《たかこ》の口添えで、旗本《はたもと》になったのだ。

あれから時が流れるあいだに、紀州《きしゅう》徳川家から松姫《まつひめ》を娶《めと》り、左近衛少将《さこんえのしょうしょう》まで昇ってきた。そしてもうすぐ、父親になろうとしている。愛《いと》しい人と結ばれて子宝を授かったことが、信平の人生でもっとも幸せといえよう。

上洛《じょうらく》を命じられた信平は、後水尾《ごみずのお》法皇の血を引く女性《にょしょう》で、宮中を騒がそうとしていた嵯峨《さが》の暴挙を未然に防ぐことができたのだが、江戸へ帰る許しが出ず、東の空を見上げては、身重《みおも》の松姫のことを想《おも》っていた。

その頃、江戸では、舅《しゅうと》、紀州徳川権大納言《ごんだいなごん》頼宣《よりのぶ》が、松姫の懐妊《かいにん》を知って大喜びし、赤坂《あかさか》にある信平の屋敷《やしき》を訪ねていた。

供の者を二人だけ従え、お忍びで到着するや、

「姫の顔を見にまいったぞ」

門番の八平《やへい》に上機嫌で言い、門を潜《くぐ》る。

八平が頼宣の訪問を告げようとしたが、

「よいよい。そこにおれ」

などと言い、表玄関から勝手に上がった。

留守をまかされている中井《なかい》春房《はるふさ》が、書物を読みながら廊下を歩いていて頼宣と鉢合わせになった。

「わぁ！」

鬼瓦《おにがわら》のような頼宣の顔が目の前にあるので、驚いて本を投げ出し、尻餅《しりもち》をついたものの、慌てて居住まいを正して平伏《へいふく》した。

「ご無礼をいたしました」

「よいよい」ぶつかられても、頼宣は上機嫌だ。「春房、さっそく姫の顔を見にまいったぞ。姫は奥におるのか」

「はい」

「うむ」

奥へ行こうとする頼宣を、中井が引き止めた。

「少々お待ちを。今、糸殿《いと》を呼んでまいりますので」

「堅苦しいことをするな。わしが行けばすむことじゃ」

頼宣は前を向くが、中井が腕をつかんで離さない。

「今はいけませぬ。どうか」

「なんじゃ。何ゆえ止める」

「こちらへ」

書院の間へ入るよう促すので、頼宣はしぶしぶ応じて行き、上座に座った。

程なく来た侍女の竹島《たけしま》糸が、座して両手をつき、頼宣にあいさつをする。笑みを浮かべているが、どこか作ったような面持ちで、ぎこちない。

頼宣は不安になり、身を乗り出した。

「糸、何ゆえ松姫にすぐ会わせぬ。姫に何かあったのか」

「………」

糸は、うつむいて黙っている。

頼宣は心配そうな顔で立ち上がり、松姫の部屋に行こうとした。

「お待ちください」

頼宣は苛立《いらだ》ちをあらわに息を吐く。

「二人して先ほどからなんじゃ。娘に会うのを何ゆえ止める」

見下ろした頼宣は、糸の目から涙がこぼれたのを見て、はっとした。

「松姫！　松姫！」

大声を出して奥の部屋に行こうとした頼宣の前に、中井が立ちはだかり、片膝《かたひざ》をついて頭を下げる。

「姫はお休みになられております。どうか、お静かに」

言われて、頼宣は拳《こぶし》をにぎり締めて歯を食いしばった。黙って上座に戻ると、前を向いて座し、二人を見据える。

「姫に何があったのか申せ」

糸が、正座している膝の上で両手を結び、首を垂れて言う。

「姫様はつわりが酷《ひど》く、お食事が喉《のど》を通りませぬ。無理をしてお召し上がりになられても嘔吐《おうと》なさり、日に日にお痩せになっておられます」

「なんじゃと。医者は、渋川昆陽《しぶかわこんよう》はなんと申しておるのだ」

「この状態が続くようだと、堕胎《だたい》をしたほうがいいと」

糸はそこまで言うのがやっとの様子で、手で顔を覆《おお》い、泣き崩れた。

ことの重大さを知った頼宣が息を呑《の》む。

「そ、そんな、馬鹿な……」

開いたままの唇を震わせながら、脇に控える中井に顔を向けた。

「糸が申すことは、間違いないのか」

中井は目を閉じ、首を縦に振る。

頼宣は顔を歪《ゆが》め、拳で膝を打った。松姫を案じ、せっかく授かった赤子を案じて目をつむり、しばらく考えていた頼宣は、苦渋《くじゅう》の面持ちで告げる。

「春房、今すぐ渋川昆陽を呼んでまいれ」

「はは」

中井は立ち去った。

「糸、ここはよい。松姫に付いてやってくれ」

「はい」

糸は涙を拭《ぬぐ》って、松姫のもとへ向かった。

頼宣は、静かすぎる部屋に独りになると、辛《つら》そうに目を閉じ、昆陽を待った。

昆陽が神妙な顔をして現れたのは、日が西にかたむきはじめた頃だ。

「遅い！」

頼宣が不機嫌に言うと、近所の家に病人を診《み》に行っていたと、昆陽が平謝りする。

「そこでは話ができぬ。ここへ来て、松姫のことを申せ」

「はい」

昆陽は廊下から座敷《ざしき》に入り、頼宣の正面に正座した。

「子は、無事に生まれるのであろうな！」

頼宣としては矢継《やつ》ぎ早《ばや》に訊《き》きたいところだが、昆陽は難しい顔をして黙っている。

「どうなのじゃ。隠さず申せ」

待ち切れず問い詰めるように言うと、昆陽は首を横に振る。

「つわりが酷く、食べた物をすべて嘔吐される状態がひと月も続いております。元々お身体《からだ》が丈夫ではございませぬので、衰弱が激しゅうございます」

「まさか、堕胎をさせるなどと言うのではあるまいな」

「はっきり申し上げますと、このままでは、母子共に危のうございます」

「そのほうらしくもない弱気な。許さぬぞ。なんとかしろ」

「手は尽くしておりますが、痩せるのが止まらなければどうにもなりませぬ」

そこへ、糸が来た。

頼宣は廊下に顔を向ける。

「いかがした」

糸は神妙に応じる。

「先生に、あとで姫を診ていただきたく」

昆陽は真顔で応じる。

「姫は眠っておられるか」

「はい」

「では今のうちにそなたも休まれよ。身が持たぬぞ」

「わたしはよいのです」

戻ろうとした糸に、頼宣が声をかけた。

「糸、待て」

応じて座りなおすのを横目に、頼宣は昆陽に問う。

「食事を摂《と》れば、姫は良うなるのだな」

「はい」

「うむ。糸、姫の好物ならば、食べられるのではないか」

するすると、糸は首を横に振った。

「煮鮑《にあわび》も胡麻《ごま》豆腐《どうふ》も拒《こば》まれます」

「湯葉《ゆば》は、湯葉ならどうじゃ。大好物であろう」

「香りが特にだめなご様子で、嗅いだだけで嘔吐されます」

「馬鹿な、毎日でも食べたいと申していたほどの好物ではないか」

昆陽が口を挟む。

「つわりとは、そういうものでございます。おなごの身体とは摩訶不思議《まかふしぎ》なもので、子を宿したのを機に、食べ物の好みが変わってしまうことがあるのです。飯が炊《た》ける匂いを嗅ぐと気分が悪くなる者もおれば、姫様のように、大好物が食べられなくなったりもします」

頼宣が渋い顔をした。

「姫の母親もそうであったが、堕胎を考えねばならぬほどではなかったぞ」

昆陽はうなずいたものの、渋い顔をゆるめぬ。

頼宣は不安が増した。

「どうする。どうすれば、助けられるのじゃ」

「残念ですが、姫様はつわりが特に酷うございますから……」

「よう考えぬか！」

怒鳴って立ち上がる頼宣に、昆陽は目を向ける。

「せめて信平様がおそばにおられれば、少しはご安心されるのでしょうが」

「母になろうというのに、なんと気の弱い」

「初めてのご懐妊でございますから、お不安なのでしょう」

「よし。婿殿《むこどの》の顔を見れば、姫は元気になるのだな」

「姫様は、上洛された信平様の御身を心配され、ご無事を祈っておられましたから、子を宿した喜びよりも不安が勝《まさ》り、今に至っているのでしょう。断言はできませぬが、信平様の顔を見ることは、何よりの妙薬ではないかと思うのです」

「よし、ならば一日だけでも江戸に帰れるよう、わしから上様に頼んでやる」

「おやめください」

廊下で言う糸に、頼宣が顔を向ける。

「何ゆえ止める」

「奥方様は、ご自分のことで信平様の御役目に支障が出てはならぬと申されて、お手紙には息災《そくさい》だと書かれておられます」

「辛い身体で、文《ふみ》を書いているのか」

糸は目を赤くしてうなずいた。

「お手紙が途切れれば、信平様がご心配なさると申されて」

「心配させてやればよいのだ。婿殿のことじゃ、姫のことを知れば、飛んで帰ってきおるわい」

「それではお役目に障《さわ》ります」

「婿殿は京で良い働きをして見せたのじゃ。少々のわがままを申しても、御公儀は何も言わぬ。よし、わしが文を書く。春房、硯《すずり》と筆をもて」

「はは！」

廊下に控えていた中井が去ろうとするのを、糸が止めた。

「お待ちを、奥方様のお気持ちを第一に考えるべきです」

頼宣が糸を睨《にら》む。

「そなたは、姫とわしの孫がどうなってもよいと申すか」

「め、めっそうもないことでございます」

「ならば、文のことは姫には黙っておれ。婿殿には、御公儀に命じられて一時戻ったことにするよう書いておく。それでも止めるか」

「いえ。お願いいたしまする」

　平身低頭する糸にうなずいた頼宣は、中井が支度した巻き紙を持ち、筆を走らせた。

二

　京屋敷の居室で文を読み終えた信平は、松姫を案じて目を閉じた。

　そばに控えていた葉山善衛門《はやまぜんえもん》が、心配そうな顔をする。

「殿、お辛そうですが、紀州様はなんと」

「うむ」

　信平は、返事をしたきり答えず、考え込んだ。

　膝を進めた善衛門が、

「ごめん」

　と言って、信平が文机《ふづくえ》に置いていた文を取り、目を通すなり愕然《がくぜん》とした。

「殿、すぐ発《た》たれませ。急ぎ江戸に戻るのです」

　信平は目を伏せて言う。

「そうしたいが、明日からしばらくのあいだ禁裏《きんり》に参内《さんだい》しなければならぬ」

「ああ、そうでござった」

　何か妙案はないかと言って考える善衛門であるが、信平の役目は、嵯峨が起こした騒動の始末を天皇家に報告することと、手薄となった禁裏付きの与力《よりき》であるため、私事で京を出るわけにはいかないのだ。

「ええい、妙案が出ぬ」

　己の頭をたたいて苛立つ善衛門を横目に、信平は、やおら立ち上がった。

「殿、どちらへ行かれます」

「京には名が知られた薬師《くすし》がおるゆえ、今から訪ねてみよう」

「なるほど」

「それがしもお供します」

　控えていた江島佐吉《えじまさきち》が立ち上がると、善衛門も続く。

　信平は応じて、二人と共に出かけた。

　清水寺《きよみずでら》の麓《ふもと》に養生所《ようじょうしょ》を構えるのは、薬師の武田伊織《たけだいおり》だ。

　初めて訪ねた信平は、出迎えた女に自分の名を告げ、

「武田伊織殿にお会いしたい」

そう頼むと、女は笑って応じる。

「伊織はわたしです」

男だとばかり思っていた信平であるが、驚きはせずに言う。

「相談したいことがございます」

「どうぞ、お上がりください」

歳《とし》は三十ほどだろうか。小柄の伊織は、おっとりした口調で、優しい笑みを浮かべて信平たちを招き入れた。

石灯籠《いしどうろう》と苔《こけ》が美しい中庭を眺められる座敷に通された信平は、善衛門と佐吉に気をつかう伊織が落ち着いたところで、話を切り出した。

「改めて、鷹司松平信平と申します」

「鷹司様」

五摂家の名を聞き、伊織は居住まいを正して頭を下げた。

「どうか楽に。所司代《しょしだい》の牧野親成《まきのちかしげ》殿から伊織殿の評判をうかがっており、今日は頼みがあってまいった」

「どなたか、お身体の具合が悪いのですか」

顔を上げた伊織に先回りして訊かれて、信平は顎《あご》を引く。

「実は、江戸に残している妻が身籠もっているのですが、つわりが酷く、医者から堕胎をすすめられております」

伊織は、神妙な顔で応じる。

「何を食べられても、嘔吐されるのですね」

「はい。妻を助ける術《すべ》はありませぬか」

考える顔をした伊織が、立ち上がって書物棚の前に行き、指でなぞって一冊の書物を取り出した。

ぱらぱらとめくるのを見ていた善衛門と佐吉が、心配そうに顔を見合わせている。

伊織は文字を読む時、指でなぞるのが癖なのだろう。

口の中で声に出し、懸命な表情で読み進めている。

そして、指を止めた。

「あった」

声に信平が期待していると、伊織はこちらを見もせず移動し、薬草が入れられた引き出しの列から目当ての物を探し出し、何種類かの薬草を手にして薬研《やげん》のところに行くと、座して調合をはじめた。

目で追っていた善衛門が、伊織のそばに座して問う。

「おい、大丈夫なのか。わしが聞いた話では、薬は腹の子に毒だぞ」

伊織は笑顔で応じる。

「身体を元気にする薬草ですから、おなかの子に障りはありませぬ」

「間違いないのか。まことに、大丈夫なのだな」

念押しする善衛門に、伊織は薬研の手を止めて向き合った。

「わたしの師である父が、長年にわたり身重のお方をお救いした秘伝の薬ですから、ご安心ください」

「では、先ほど見ておった書物は、お父上が残されたものか」

「はい」

「さようであったか。心配のあまり無礼なことを申した。許せ」

善衛門は安堵《あんど》したようだ。

伊織は微笑《ほほえ》んで首を横に振り、薬研に向く。そして、粉にした薬草を紙に小分けしたものを信平に差し出した。

「これを、林檎を擂《す》りつぶした汁に混ぜてお飲みいただければ、きっと良くなります」

「林檎……」

馴染《なじ》みがない信平は不安を口にした。

「手に入るだろうか」

「みかんの汁でもよろしいですが、今はそちらのほうが手に入らないかもしれませんね」

「あい分かった。探してみよう」

薬を受け取った信平が礼を言うと、佐吉が財布を出した。

「代金はいかほどでござる」

「銀三十匁《もんめ》ほど頂戴《ちょうだい》します」

佐吉が目を丸くした。だが、高いなどと文句を言っては左近衛少将たる信平の恥。

黙って差し出すと、伊織が笑みで受け取った。

老婆が襖《ふすま》を開けて、顔を覗《のぞ》かせたのはその時だ。隣の部屋でお灸《きゅう》の治療を受けていたらしく、弟子らしき若い女が、手を添えている。

「先生、おかげさまで、ずいぶん膝が楽になりました」

伊織は老婆に応じる。

「よかったわね」

「それで、お代のことですが」

「無理しないで。またでいいわよ」

伊織が言うと、老婆は拝むようにして帰っていった。

「貧しい者を助けているのか」

善衛門が感心して言うと、伊織が不機嫌な顔をした。

「見た目で決めないでください。今のおばあさんは、お歳だからお金を持ち歩かせてもらえないだけです。家はれっきとした商家で、裕福なんですよ」

さすがの善衛門も、伊織の毅然《きぜん》とした態度に首をすくめた。

「こりゃ、失礼を」

「先生、患者さんです」

女中が声をかけたので、伊織は信平に頭を下げて立ち上がる。

信平は礼を言い、善衛門たちと廊下に出た。玄関に行くと、小者に脇を支えられた侍がいた。

怪我《けが》をしているらしく、苦痛に顔を歪め、顔中に脂汗《あぶらあせ》を浮かべている。

それを見た伊織が駆け寄り、声をかける。

「どうしましたか」

小者が応じる。

「若様、背中を斬られたのです。早く助けてください」

血に染まった背中を診た伊織が、

「息子さんと喧嘩でもしたのですか」

ため息まじりに言うのが信平の耳に届いた。

問われた侍は答えず、信平たちを気にした様子だ。

武士が背中を斬られるのは恥。

宮仕えの者なら、主家に知られればただではすまない。悪くすれば切腹を申しつけられ、大目に見てもらっても、なんらかの罰は受ける事態なのだ。

信平は聞かぬふりをして、善衛門たちと外に出た。

佐吉が養生所を振り向き、

「息子に背中を斬られるとは、情けない親だ」

と、不機嫌そうに言った。

信平は親子のことには触れず、善衛門と佐吉に訊く。

「麿《まろ》は、林檎という名は知っているが、実物を見たことがない。二人は、知っているか」

「ええ？　殿もご存じなかったのですか」

言ったのは佐吉だ。

「それがしは、林檎という名前自体を初めて聞きました。殿のことですからご存じなのだと思っておりました。みかんなら食べたことがありますが、似たような物なのでは」

すると、善衛門が立ち止まった。

「それがしは、りむご、なら知っておりますぞ」

佐吉がすかさず言う。

「先生は、りむごではなく、林檎と言いましたが」

「呼び名が違うだけで、同じであろう」

「いいや、違いましょう」

「同じじゃ」

違う違わぬの言い合いをする二人を置いて、信平は歩みを進めた。

二人が慌てて、あとを追ってくる。

屋敷に戻った信平は、心配して待っていたお初《はつ》を居間に招いて、ことの次第を話したうえで問う。

「そなたは、林檎を知っているか」

お初はうなずく。

「見たことはございます」

おお、と声をあげた善衛門が身を乗り出す。

「どのような物じゃ」

「赤くて、丸うございます」

「それでは分からん」

善衛門は筆と紙を持って来ると、お初の前に置いた。

いつの間にか勝手に入ってきていた五味正三《ごみしようぞう》が、筆を持つお初の後ろからおかめ顔を覗かせる。

お初が絵に描いた林檎を見た善衛門が、したり顔で膝を打つ。

「うむ、間違いない。りむごだ」

「どうすれば手に入る」

信平が訊くと、善衛門が顔を向けて応じる。

「りむごは、盆栽《ぼんさい》で育てる赤い実です」

「盆栽……。食べられるのか」

戸惑《とまど》う信平に、善衛門は続ける。

「口をすぼめるほどすっぱい物だと聞いたことがございますぞ」

お初がうなずく。

「わたしも聞きました。そのような物を奥方様のお口に入れて、大丈夫でしょうか」

善衛門が賛同する。

「江戸に薬を送る前に、一度味を試したほうがよろしいかもしれませぬな」

「どこに行けば手に入る」

信平の問いに、善衛門とお初は口を閉ざした。

すると、五味が口を挟んだ。

「りむごなら、手に入りますよ」

善衛門が五味に顔を向けて訊く。

「まことか？」

「ええ、持っている同心がいますので、もらってきましょうか」

「早く行って」

お初が振り向いて頼むと、五味がでれっとした笑みを浮かべてうなずき、さっそく出かけた。

善衛門が長いため息をつく。

「それにしても、奥方様が心配ですな。それがしは子がおらぬのでよう分からぬが、子を身籠もるというのは、命がけですな。子を産んで亡くなる者もいると聞くが……」

お初が咳《せき》ばらいをするので、善衛門がはっとして信平を見た。

「いや、これはよその話ですぞ。奥方様のことではござらぬ」

信平は真顔で応じる。

「分かっている。されど、昆陽殿が堕胎をすすめるほどゆえ、油断はできぬ」

善衛門が苦悶《くもん》の顔をして、信平に訊く。

「殿、奥方様のお命がいよいよ危ういとなれば、いかがなさる」

「松がいない世の中など考えられぬ」

信平は、その先の言葉は、胸の奥にしまった。

善衛門と佐吉とお初の三人は、信平の心中を察して、押し黙っている。

五味が呑気《のんき》な顔をして戻ったのは、程なくのことだ。

「まだ季節には早いので小ぶりだそうです」

そう言って、墨染《すみぞめ》の羽織《はおり》の袂《たもと》から出したのは、里芋《さといも》ほどの大きさの、ほんのりと赤みがかった果実だ。

善衛門が眉間に皺《しわ》を寄せて言う。

「固そうじゃな。見て楽しむものだとばかり思うておったが、ほんとうに食べられるのか」

「食べてみれば分かりますよ」

林檎を手の平で転がしている五味から取り上げたお初が台所に行き、皮をむいて擂り鉢で下ろした。器に入れて、さじと共に信平に渡す。

受け取った信平が、匂いを嗅いでみる。

「なんとも、良い香りじゃ」

そう言ってさじですくい、口に入れた。

「殿、いかがでござる」

善衛門に訊かれても、信平はうつむいたまま答えない。

「どれどれ。それがしもお毒見を」

善衛門が器を奪うようにして、林檎の擂り身を食べた。途端に唇を尖《とが》らせ、身震いする。

「すっぱい！　なんというすっぱさじゃ。殿、よく平気な顔をしておられますな」

「このような物、奥方様に食べさせてはなりませぬ」

「麿は、旨《うま》いと思うたが」

「麿は、旨いと思うたが」

信平が飄々《ひょうひょう》と繰り返すので、お初がくすりと笑った。

五味が手を出し、恐る恐る食べて口をひょっとこのようにすぼめ、目の周りを皺だらけにしてつむっている。

それを見た善衛門はうははははと笑い、信平に言う。

「殿、五味の顔をご覧あれ。これはいけませぬ」

五味が応じる。

「御隠居、わたしはまだ何も言っていませんよ」

「顔にまずいと書いてあるわい」

お初が五味から器を取って擂り身を口に入れ、首をかしげて言う。

「まずくはないですね。少し甘味を足せば、美味《おい》しくなると思います」

お初は器を置いて台所に行き、小さな壺《つぼ》を持ってきた。

善衛門が訊く。

「なんじゃ、それは」

「水飴です。蜂蜜《はちみつ》があればもっといいのでしょうが」

お初はそう言って、少しだけ甘味を加えて味見すると、満足した面持ちで信平に差し出した。

口に入れた信平はうなずく。

「ずいぶん食べやすくなった。これならば良いのではないか」

善衛門たちも試したが、まだすっぱいと言う。

だが信平は、松姫は少しすっぱいほうが好きなはずだと思い、林檎を食べるよう文に書き、伊織がくれた薬に添えて江戸に送った。

送り先は松姫ではなく、渋川昆陽と、森屋《もりや》の風間《かざま》久幸《ひさゆき》だ。

妻の静江《しずえ》と駆け落ちをした風間は元武士だが、信平の助けもあり、刀を捨てて商人になり、赤坂で森屋という八百屋《やおや》をはじめた。

風間は商才があったらしく毎年売り上げを伸ばし、諸国から物産を集めて商いをするという夢も、叶《かな》えようとしている。

その風間を信平が頼るのは、松姫が、これまでの文に息災に暮らしていると書いていたからだ。

心配をかけまいとする松姫の気持ちを察して、信平は、林檎と薬について信平が知らせたことを隠すように、昆陽と風間に書き添えていた。

三

信平は、江戸からの吉報を待つあいだ、禁裏付きを補佐する役目をつつがなくこなしていたのだが、気持ちは落ち着かなかった。

頼宣も何も言ってこぬし、松姫の文も途絶えたままになっていたからだ。

名馬黒丸《くろまる》を駆って江戸に帰りたい気持ちであるが、公儀の許しを得ぬまま京を離れることはできない。

佐吉が鈴蔵《りんぞう》を江戸に行かせることを提案したが、信平は、黙って待つと決めた。

渋川昆陽から急ぎの文が届いたのは、月が変わり、さらに半月が過ぎようとしていた頃だ。

昆陽によると、風間は林檎探しに苦心したらしい。

平安時代に中国から伝えられた赤い果実は、りんこう、りむこう、りむご、などと呼ばれ、古くから食されているものの、酸味が強く、庶民のあいだにはほとんど出回っていなかったのだ。

方々を探した風間によれば、林檎の栽培は京都の周辺でされているという。主に天皇家に献上され、寺では供物《くもつ》として使われているようだった。

信平はすぐに、京で手配しようとしたのだが、文には、風間がいくつか手に入れたと書いてあった。

擂り下ろして、伊織の薬と蜂蜜とを混ぜて食べさせたところ、松姫は、少しだが食べ、嘔吐もしなかったと書いてあった。

京屋敷の自室で文を読み終えた信平は、安堵の息を吐いた。

「殿」

善衛門が声をかけた。皆が集まり、固唾《かたず》を呑んでいる。

「堕胎は、まぬかれたそうじゃ」

信平が伝えて笑みを浮かべると、善衛門が浮かせていた尻を床に落とし、腕で目に光るものを拭った。

「ようござった。ほんに、ようござった」

「うむ」

信平はうなずき、鈴蔵に、林檎を買い集めて森屋に送るよう頼んだ。

その日の午後、信平は佐吉と共に出かけて、伊織を訪ねた。改めて礼を言うためと、薬を手に入れるためだ。

昆陽いわく、松姫の回復は、林檎よりも薬によるという。

漢方であることは間違いないが、昆陽をもってしても、どの薬草が使われているのか、解明できなかったのだ。

薬師には、代々の秘伝がある。

訊いたところで、手のうちを教えてはくれまい。

人それぞれだろうが、松姫の身体には合っているようなので、信平は、できるだけ多く売ってくれるよう頼むつもりだったが、話を聞いた伊織は、良い顔をしなかった。

「長く飲み続けるのはおすすめできません」

「そのわけは」

信平が案じる顔をすると、伊織が言う。

「悪い物は入っていませんので、ご心配なく。ただ、あまり薬に頼りすぎますと、飲み続けなくてはならなくなります。これは、身体が欲するのではなく、気持ちがそうさせるようになるのです」

「酒好きの者が、飲まねば気鬱《きうつ》になるようにか」

「はい」

「それは、確かによくないな」

「つわりは、おおかたの人がある時期を過ぎれば自然に治まりますから、それまでにまた苦しくなられましたら、いつでもおっしゃってください」

「すまぬ」

伊織が笑みを浮かべるので、信平が不思議そうな顔をする。

「旦那様にたいそう心配されて、奥方様はさぞかし、お幸せでございましょう」

「いや……」

松は知らぬことだ。

伊織が心中をうかがうような目をして笑みを浮かべるので、信平は目を伏せた。

すると、伊織は薬研に向かい、手を動かしはじめた。

「十日分ほどお出ししておきます。先ほども申しましたように、ご気分がいい時はお飲みになられぬよう、お伝えください」

伊織はそう言うと、薬を渡してくれた。

「佐吉」

「はは」

信平に応じた佐吉が、銀二貫を入れた巾着《きんちゃく》を懐《ふところ》から出し、伊織に差し出した。

銀二貫を小判に両替すれば、三十三両ほどになる。

中身を告げずに薬代として置いた信平であるが、伊織は持ち上げるなり、その重さに驚き、信平を見た。

「それは、麿の気持ちじゃ。民の薬代にしてくれ」

信平は、伊織が貧しい者をただで診ているのを見抜いていた。先日の老婆もそうだが、帰る時にすれ違った者が、伊織の養生所に手を合わせているのを見ていたのだ。

伊織は、ふっと笑みを浮かべて頭を下げ、信平の志《こころざし》をありがたく受け取った。

「では、失礼する」

信平が玄関に行くと、侍が上がり框《がまち》に腰かけて、草鞋《わらじ》を履《は》いていた。

見覚えのある顔は、先日、息子に背中を斬られていた侍だ。

侍も憶《おぼ》えていたらしく、信平を見るとばつが悪そうな顔をして頭を下げ、先に出ていった。

信平があとから外へ出ると、先ほどの侍が待っていた。

何か話があるのかと思い立ち止まると、侍は、疲れた顔を向けて会釈《えしやく》をする。

「話を聞いておりました。奥方が子を宿されているそうだが、子など、生まれぬほうがいいかもしれませぬぞ」

唇に薄い笑みを浮かべる侍に、佐吉が怒気を浮かべて歩み寄る。

「貴様、無礼であろう！」

つかみかからん勢いで怒る佐吉を、信平が止めた。

侍は無表情になり、まるで何もなかったように立ち去った。

信平は直感で、その目つき顔つきが気になり、佐吉を促して付いて行く。

気力がない様子で歩む侍は、通りを左に曲がり、清水寺の参道をのぼりはじめた。

坂の両側には土産物屋《みやげものや》や団子屋《だんごや》、めし屋などが軒を連ね、参詣《さんけい》した客たちでにぎわっている。

侍は、人とぶつかっても見向きもせず、何かに導かれるように坂をのぼっていく。

佐吉が後ろから声をかける。

「殿、あの者は様子が変ですね」

「うむ。目を離すな」

「はは」

佐吉が前に出て、侍の後ろに近づいていく。

侍は朱色の山門を潜ると真っ直《ます》ぐ本堂に上がり、右へ曲がって清水の舞台へ行った。

眺めを楽しむ参拝客の後ろに立ち、あたりを見回す。

佐吉と信平が柱の陰に隠れて見ていると、侍は、人が去った舞台の端に歩み、欄干《らんかん》に足をかけるではないか。

「佐吉」

「おう！」

信平が言うまでもなく、佐吉は走っていた。

「やめぬか！」

飛び降りようとする侍の首に腕を回して引き倒す。

「離せ！」

「死なせはせぬ」

暴れる侍を、佐吉が背後から押さえる。

顔を真っ赤にした侍が、

「く、苦しい。死ぬ、死ぬ」

と呻《うめ》くので、佐吉ははっとなり、力をゆるめた。

首を押さえて大きな息をする侍に、

「す、すまん。つい」

佐吉は頭を下げて詫《わ》びた。

固唾を呑んで見ていた参拝客たちから、安堵と苦笑がまじった声がする。

信平が歩み寄ると、侍は恨めしげな顔を上げた。

「何ゆえ、死なせてくださらぬ」

「何があったか知らぬが、命を粗末にしてはならぬ。養生所で出会《でお》うたのも何かの縁。よければ、苦しい胸のうちを話してみぬか」

侍がうな垂れるのを見て、信平は、騒ぎに駆け付けていた寺の者に顔を向ける。

「すまぬが、静かな部屋を借りたい」

困惑する寺の者に信平の名を告げると、驚いた寺小姓《てらこしょう》が頭を下げた。

「ご無礼いたしました。どうぞ、こちらへ」

信平は、成就院《じょうじゅいん》に案内された。

この建物は、東福門院和子《とうふくもんいんかずこ》の寄進によって再建された住坊《じゅうぼう》だ。

寺の伽藍《がらん》を再建した三代将軍家光公の義弟である信平ゆえに案内されたのかと思

い、いささか恐縮した信平であるが、月の庭、と呼ばれる成就院庭園が見える部屋に案内された時、そのわけが分かった。

信平の師、道謙《どうけん》が、時の権力者も愛《め》でた美しい庭を眺めながら、住職と談笑していたのだ。

「お師匠様」

声に顔を向けた道謙が、目を細めた。

「おお、信平、そなたここで何をしておる」

お師匠こそ、と信平は思ったが、

「静かな場所をお借りしたいと願いましたところ、ここへ案内されました」

そう告げて頭を下げると、道謙が侍を見た。

「舞台から飛び降りようとした不埒者《ふらち》がおると聞いたが」

厳しい口調で言われて、侍が目を泳がせる。

侍がこころを病んでいると一目で見抜いたらしく、道謙の目が厳しく光る。

「信平、構わぬ、上がれ」

まるで自分の家のように言う道謙であるが、住職は優しい笑みを浮かべて頭を下げ、別室へと下がって行った。

信平が侍に縁側を促し、対面して座る。

程なく寺小姓が三人現れ、落雁《らくがん》と抹茶《まっちゃ》を載せた折敷《おしき》を、皆の前に置いてくれた。

「まずは、一服して落ち着かれよ」

信平のすすめに神妙な態度で応じた侍は、茶碗《ちゃわん》を持ち、ずずず、と、音を立てて飲み干した。

「旨い」

しみじみ言うと目に涙をため、信平に頭を下げる。

「まだ、お名前をうかがっておりませんでした。拙者《せっしゃ》、肥前佐賀《ひぜんさが》藩士、立橋智津夫《たてはしちづお》と申します」

「鷹司松平信平じゃ。信平と呼んでくれ」

「信平様……」

立橋が、あっと声を上げて愕然とした。

「ご高名は存じ上げております。知らなかったとはいえ、ご無礼の段、平にお許しください」

平身低頭する立橋に、信平はよいと言い、頭を上げさせた。

「舞台から飛び降りようとしたのは、背中の傷に関わることか」

信平の問いに立橋は居住まいを正し、ここに来るまでのことを話しはじめた。

それによると、立橋は佐賀藩の下級藩士。

代々、佐賀藩京屋敷の書物方《しよもつかた》として仕え、書物蔵を守ってきた家だという。

役目柄、藩所蔵の書物を自由に読むことができるだけでなく、書物蔵の横に役宅があるおかげで持ち帰ることもでき、息子の万之介《まんのすけ》には、幼い頃から書物を読ませていた。

その甲斐《かい》あって、万之介は知恵者に成長していたのだ。

息子に期待した立橋は、将来藩のためになればとも思い、京にある学問所に通わせていた。

そして、十六歳になったこの年、師である松永禅語《まつながぜんご》に認められ、江戸の林鵞峰《はやしがほう》に師事できることになったという。

その名を聞いて、信平は驚いた。

「それは祝着《しゅうちゃく》」

すると、道謙が口を挟む。

「信平、林鵞峰とは何者じゃ」

「幕府に参与する儒者《じゅしゃ》でございます。鵞峰殿の先聖殿《せんせいでん》に行けることは、大変名誉なことなのです」

「ほうほう」

道謙が感心し、立橋に顔を向ける。

「倅《せがれ》が名誉を賜《たまわ》ったというに、何ゆえ死のうとしたのじゃ」

「そ、それは……」

立橋は口籠もってしまった。

信平が言う。

「背中を斬られたことを、藩から咎《とが》められたのか」

「いえ。息子が、大変なことをしでかしてしまったのです……」

立橋はその先を言うのを迷ったようだが、思いつめたように口を開く。

「すべては、わたしが悪いのです。下級藩士の分をわきまえもせず、松永先生の学問所に入れたのが間違いでした」

「妬《ねた》まれたか」

道謙が見透かすように言うと、立橋がうな垂れた。

「江戸行きが決まった直後から、同じ学問所に通う上級藩士の息子たちから、酷い仕打ちを受けていたようです」

立橋は、これまでのことを話した。

殴る蹴るは当たり前で、傷だらけにされていた万之介であるが、江戸に行くまでの辛抱《しんぼう》と自分に言い聞かせて、学問所に通っていたという。

ところが、しぶとい万之介に苛立った連中が、刀を抜いて脅したのだ。

命を取られそうになり、万之介は恐ろしさのあまり仮病を使って休むようになったのだが、事情を知らぬ立橋が、情けない奴《やつ》だと叱り、無理やり行かせようとした。

すると、急に正気を失った有様《ありさま》になった万之介が立橋に飛びかかり、暴力を振るったという。

剣術も柔術も苦手な立橋は、万之介の馬鹿力に抗《あらが》うことができず、押さえ込まれてしまったのだ。

そして万之介は、ふたたび部屋に引き籠もってしまった。

このままでは江戸行きが取り止めになると焦った立橋が、家の下男と共に万之介を部屋から引きずり出そうとしてまた争いになり、ついには万之介が刀を持ち出して襲いかかり、背中を斬られてしまったのだ。

それが、信平と伊織の養生所で出会った日のことだった。

父を斬ってしまった罪悪感に苛《さいな》まれた万之介は、翌日学問所に行き、江戸行きを辞退した。学問所も辞めると告げて飛び出し、自分をいじめ抜いた相手に仕返しをしたのだ。

相手は、佐賀藩の上級藩士、二党帯刀《にとうたてわき》の息子虎ノ丞《とらのじょう》と、その取り巻き数名。

「斬ったのか」

信平が訊くと、立橋は首を横に振った。そして、辛そうに言う。

「倅の奴は、卑怯《ひきょう》にも待ち伏せをしたのです。木刀で襲いかかり、虎ノ丞に一太刀浴びせたのですが、取り巻きの者に囲まれて返り討ちに遭《あ》い、めった打ちにされて」

立橋は声を詰まらせ、震える唇に手を当てた。

「どうなったのだ」

信平が促すと、立橋は気持ちを落ち着かせて顔を上げた。

「左腕に大怪我をして、二度と刀をにぎれぬ身体にされてしまいました」

「伊織殿には、見せたのか」

「はい。手首の筋が切れているらしく、治るのは奇跡に等しいと」

道謙が言う。

「自責の念に駆られて、命を断つつもりだったのか」

立橋は辛そうに顔を歪め、口を開く。

「いかなる理由があろうと、上級藩士の息子に怪我をさせるなど、あってはならぬこと。藩の秩序を乱した責任を取り、武士らしく腹を切ろうとしたのですが、どうしても手が動きませぬ。清水の舞台から飛び降りれば楽に死ねると思い、気付けば、足が向いていたのでございます」

道謙に目を向けられて、信平は立橋に問う。

「藩から、お咎めの沙汰《さた》はくだったのか」

「まだ、ございませぬ」

「では、早まったことはせぬことだ」

「しかし、今のままでは、万之介に責めが及びます」

「喧嘩《けんか》は一人ではできぬ。藩の目付《めつけ》役にも慈悲があろう。今は、怪我をした万之介のそばにいてやったほうがよいのではないか」

立橋は辛そうに目を閉じた。

「分かりました。信平様の仰《おお》せに従いまする」

「では、麿が家まで送って行こう」

「と、とんでもないことでございます」

「遠慮はいらぬ」

信平は立ち上がり、道謙に頭を下げて成就院を出た。

四

立橋は、京屋敷留守居役《るすいやく》から藩邸を出るよう命じられ、妻と万之介を連れて京都市中の一軒家に移っていた。

二党帯刀と顔を合わさせぬ配慮だろうが、蟄居《ちっきょ》を命じられたわけでもなく、断を下した者の同情がうかがえる。

だが立橋は、息子をかばうために、罰がくだされる前に死をもって詫びようとしたのだ。

話を聞く限りでは、相手にも非があると思った信平は、立橋を家まで送った。

妻は、立橋が死ぬと気付いていながらも、武士の妻として覚悟を決め、黙って送り出していたのだろう。生きて帰った夫の顔を見て安堵し、涙を流して迎えた。

立橋は、そんな妻に愛おしそうな笑みを浮かべたが、すぐに、死に損なった己を恥じるような、なんともいえぬ顔をした。

涙を拭き、気持ちが落ち着いた妻は、夫の背後にいる銀鼠色《ぎんねずいろ》の狩衣《かりぎぬ》姿の信平を見て、誰かという顔を立橋に向ける。

立橋は信平に振り向き、上がり框のところにいる妻に言う。

「清水の舞台から飛び降りるところを、このお方に救われた」

座して神妙に頭を下げる妻に、立橋が告げる。

「鷹司松平信平様だ。三代将軍の義弟であらせられる」

妻は目を見開いて驚き、足袋《たび》のまま戸口から出て地べたで平伏した。

信平は手を上げるよう告げるも、妻はうずくまるようにして身動《みじろ》ぎしない。

「立橋殿」

困った信平に応じた立橋が、妻の腕を引いて顔を上げさせた。

恐縮する妻に、お優しいお方だから恐れるなと言った立橋が、信平に紹介する。

「妻の、江代《えよ》でございます」

「うむ」

ふたたび頭を下げる江代に、信平が言う。

「江代殿」

「はい」

「話は立橋殿から聞いた。藩から沙汰があるまで、あきらめてはならぬ。立橋殿を、死なせてはならぬぞ」

「仰せのとおりにいたしまする。お助けいただき、ありがとうございました」

信平はおせっかいかと思ったのだが、このまま帰る気になれず、立橋に言う。

「万之介に、会えぬか」

夫婦が驚いた顔を上げた。

妻に不安そうな顔をされた立橋が、恐縮して信平に向く。

「愚息が信平様の御尊顔を拝するなど、とんでもないことでございます」

「麿は構わぬ。上がるぞ」

勝手に上がると、佐吉が驚いて土間に追って入り、引き止めた。

振り向いた信平は、

「構わぬ」

そう言うと、狐丸《きつねまる》を腰から抜いて佐吉に預け、ずかずかと居間に入って座った。

「なんだか、道謙師匠と似てござるな」

佐吉が独りごち、外に出て立橋の背中を押した。

妻と顔を見合わせた立橋が、急いで中に入り、奥の襖を開けた。

話が聞こえていたらしく、四畳の狭い部屋の真ん中で、万之介が正座している。

信平と目が合うや、立橋が声を発する前に、万之介は頭を下げた。

不自由な左手を腹に隠すようにして、右手を床について頭を下げる姿が痛々しい。

立橋が横を向いて座り、信平に頭を下げて告げる。

「倅の、万之介でございます」

「うむ。二人とも、手を上げてくれ」

「はは」

立橋親子が頭を上げ、目を伏せている。

江代が台所に入って茶の支度をはじめたが、耳はこちらに向けているようだ。

信平は、万之介の目を見た。

「万之介」

「はい」

「虎ノ丞たちから酷い目に遭わされたそうじゃな」

「…………」

顔をうつむけて答えぬ万之介に、信平が言う。

「江戸行きを辞退したのは、父に傷を負わせてしまったからか」

「はい」

「それで自棄《やけ》になり、そちを痛めつけてきた虎ノ丞たちに仕返しをしたのか」

万之介は口を引き結び、右手で袴《はかま》をにぎり締めた。

その仕草を見逃さぬ信平が、さらに訊く。

「そなたは、虎ノ丞たちに殴られる痛みより、この立橋家を罵《ののし》られることに耐えられなかったのではないか」

図星を指されて、万之介はうろたえた。

「胸の奥にあることを、麿に話してみぬか」

信平が促すと、万之介は、ちらりと立橋を見た。

立橋が気付いて、万之介に優しい顔をする。

「万之介、父に気遣いは無用だ。思うていることを言いなさい」

万之介は顔をうつむけ、ぼそりと声を発した。

「お前の家は、たかが五十俵二人扶持《ぶち》の小者。代々書物蔵で虫と生きてきた家の者が、江戸に行くなど生意気だとさんざん言われて。わたしは、そんな陰口を言われているのも知らずに、呑気に生きている父上のことが、大嫌いでした」

大嫌いだと言った万之介の言葉の裏には、家と家族を想う気持ちが溢《あふ》れているように聞こえる。

しかし立橋は驚き、うろたえた。

「わしは、呑気に生きてはおらぬ」

「分かっているよ！」

万之介は大声をあげ、悔しそうな顔で父親を見た。

「父上がいかに書物を大切に思い、先祖代々守ってきた書物に、一枚たりとも虫食いがないようにしていることは、凄《すご》いことだと思う。でも藩の者は、誰一人として、その努力を認めようとしない。蔵に行けば、読みたい本をいつでも読めるのは当たり前。立橋家の者は、情けで書物蔵に置いてもらっているほどにしか、思っていないのです。そんな奴らに、書物の大切さを思い知らせてやりたくて、あんなことを」

万之介は言葉に詰まり、歯を食いしばってうつむいた。

信平は、万之介の背後に積み上げられた書物の山を見て、立橋に訊く。

「立橋殿、清水寺で聞いた話とは、いささか食い違いがあるようじゃな」

立橋は目を泳がせた。

信平がさらに訊く。

「もしや立橋殿は、万之介が切ろうとした書物を守ろうとして、傷を負ったのではないか」

「そ、それは……」

違いますと言う立橋の顔に、そうだと書いてある。

書物方の息子が藩所蔵の書物を切り裂いたとあれば、ただではすまぬ。いや、その前に立橋は、先祖代々から守ってきた書物を、命がけで守ろうとしたに違いない。

「無理やり学問所に行かせようとして、揉《も》み合いになり……」

立橋はそこまで言って、言葉に詰まった。信平に見つめられ、嘘《うそ》が出なくなったのだ。

「麿は佐賀藩には関わりない者じゃ。隠さなくてもよいではないか」

信平が促すと、立橋は首を横に振る。

「わたしが、無理やり学問所へ行かせようとしたからです」

あくまで言い張ったが、茶を入れた湯呑みを載せた折敷を持ってきた江代が、信平
に頭を下げて言う。

「信平様のおっしゃるとおりでございます。万之介は、書物を切ろうとしたのです」

「江代」

立橋が慌てて止めたが、江代は聞かなかった。

「信平様、万之介は親の期待に応えるために、学問所でどのような仕打ちに遭わされ

ようと、必死に励んでまいりました。偶然とはいえ、親を傷つけてしまったことを悔いた万之介は、己を罰するために江戸行きを辞退しました。この子は決して、他人様《ひとさま》を恨んで傷つけたりはいたしませぬ」

「虎ノ丞のことを申しているのだな」

信平が問うと、江代が懇願《こんがん》する面持ちでうなずいた。

「万之介は、目上の皆様と共に学問を続けたくて、正々堂々と木刀での立ち合いを申し込んだのです。それなのに、よってたかって……」

感情が高ぶった江代が、万之介の動かなくなった手をにぎって涙を流した。

「理由はどうあれ、手を出したのはこちらが先だ。言いわけじみたことを申すな」

立橋が叱り、信平に妻の無礼を詫びた。

その立橋に、信平が訊く。

「相手の怪我の具合は、どうなのだ」

「額の肉が割れたそうですが、命に別状もなく、ひと月もすれば完治するそうです」

「学問も剣の腕も万之介が勝るとなると、上級藩士とすれば、おもしろうないことであろうな。このまま大人しくしておればよいが」

立橋が息を吞んだ。

「仕返しがあるとおっしゃいますか」

「念のため、備えたほうがよいだろう」

立橋が目を見開き、江代が苦渋に満ちた顔をする。

「手が動かなくなり、武士として生きていく道が断たれたも同然のこの子を、あの方々はまだ痛めつけると仰せですか」

泣きながら訴える江代を、立橋が抑えた。

「まだそうなると決まったわけではない。信平様は、用心せよと仰せなのだ」

「麿は、これまで幾度となく、武士の歪んだ誇りとやらを見てまいった。ここは藩邸の外だ。くれぐれも、気をつけられよ」

信平はそう告げて立ち上がり、視線を転じる。目が合った万之介は、自信がなさそうな表情でそらした。

「万之介」

「はい」

「たとえ手が動かなくとも、学問はできる。江戸行きは、あきらめぬことじゃ」

万之介は気力なく答える。

「今のわたしでは、相応《ふさわ》しくありませぬ」

「それを決めるのは、そなたではない。希望を捨てずに待つがよい」

信平はそう言って、履物を履いて外に出た。

外で狐丸を抱えて待っていた佐吉が、険《けわ》しい顔を向けてきた。

「殿、この家を見張る者がおります」

「どこじゃ」

「豆腐屋の前にいる赤い着物を着た女の向こうに一人。反対側の扇屋《おうぎや》の角に、一人潜《ひそ》んでいます」

信平はさりげなく目を配る。確かに、紋付き羽織に袴の、あるじ持ちの身なりをした侍が、こちらの様子をうかがっている。

「藩の目付役でしょうか」

「分からぬ」

もうすぐ日暮れ時だ。

信平は、胸騒ぎがした。

「佐吉、ここは一旦離れ、裏に見張りがいないか確かめてみよう」

「承知。それがしが調べますので、殿は大天寺《だいてんじ》でお待ちください」

佐吉が言う大天寺は、西堀川通《にしほりかわどお》りを北へ向かったところにあり、佐賀藩邸からも、立橋の家からも近い。

住職とは面識がなかったが、信平は佐吉に従い、寺の山門を潜った。

五

この時、二党帯刀は、息子虎ノ丞のことで妻から責められ、気が鬱々としていた。

二党家は佐賀藩の上級藩士だが、立橋家同様、代々京都屋敷に詰める家柄であり、国許《くにもと》にも、江戸の藩邸にも行ったことがない。

上級藩士としてそれなりの役と家禄《かろく》を守っているが、佐賀藩全体で見れば、さして家格は上ではない。

だが、天皇がおわす京で生まれ育った者として、

「佐賀の田舎侍めが」

などと、たまに立ち寄る国許の藩士を見くだすほど、気位《きぐらい》は人一倍高かった。

その思いは妻も同じらしく、人から見くだされるのを極端に嫌う。

それゆえ、最愛の息子虎ノ丞が下僕同然の藩士の息子に傷を負わされたと知った時は、火が着いたように騒ぎたて、傷痕が残ると分かった今では仇討《あだう》ちをする勢いで、

夫帯刀の尻をたたく。

毎日のように妻から急《せ》き立てられる帯刀も哀れだ。

しかし、青い顔をして床《とこ》に臥《ふ》せる虎ノ丞を見れば、父親として腹も立つ。

そこで思い付いたのが、立橋家の闇討ちだ。

立橋家をこの世から消してしまえば、妻からがみがみ言われることもなくなり、息子虎ノ丞の気も晴れると思ったのである。

厳粛な気風が漂う国許や江戸藩邸に詰めている身ならそういう気にならなかったろうが、昼行灯《ひるあんどん》のような留守居役が守る京屋敷しか知らぬ帯刀にとって、闇討ちをすることに躊躇《ためら》いはなかった。

喧嘩両成敗などと言い、ことを荒立てず、立橋に同情したような沙汰をくだしたことにも、帯刀は不満だったのだ。

「今夜、やる」

帯刀は、愛刀の鯉口《こいぐち》を切って刃を見つめつつ、家来に決意を告げた。

まずは二人を見張りに立て、異変がなければ夜を待って襲うと決めたのだ。

先ほど、狩衣を着た者が訪れて帰ったという知らせを受けたが、まさか高位の者が下僕同然の立橋家を訪れるとは思いもせず、

「倅の腕が動くように、祈禱師《きとうし》を雇ったのであろう。短い命じゃ、無駄なことよ」

などと言い、笑いとばした。さらに、

「我が二党家の血を引く虎ノ丞を差し置いて江戸へ行こうとしたことが、立橋めの運のつきじゃ」

憎まれ口をたたいて刀をぱちりと納刀し、腰に帯びた。

夜を待って出かける帯刀の前に現れた妻が、両手をついて言う。

「虎ノ丞とわらわの恨み、必ず晴らしてくださりませ」

「うむ」

険しい顔で応じた帯刀は、家来四名を引き連れて京屋敷を抜け出し、夜道を駆けた。

黒装束《くろしょうぞく》の覆面《ふくめん》が立橋の家の裏手に到着したのは、程なくのことだ。

幸い、月は雲に隠れ、黒装束を闇に溶け込ませている。

商家のような板塀《いたべい》もない家は、生垣の中に、竹で作った粗末な戸が付けられているだけだ。

その竹の戸の上から手を伸ばして閂《かんぬき》を外した家来が、先に裏庭に忍び込んだ。

狭い庭だ。

井戸端まで行き身を伏せ、閉《た》てられた雨戸の中の気配を探る。

一人が勝手口から忍び込み、ちょうちんに火を灯《とも》す。

それを合図に、皆が勝手口に向かう。

土足のまま板の間に上がり、奥の板戸を引き開けて明かりをかざした。

寝ていた立橋は、外の気配に気付いて起き、刀を抜いたところだった。

「なに奴だ！　二党の手の者か！」

妻の江代は、隣の万之介の部屋に入り、懐剣を抜いて守っている。

帯刀は何も言わず、刀を抜いた。

家来二人が両脇を固め、一人は江代に向かい、残った一人は外に出て見張りに立った。

その見張り役の背後に巨大な人影が立ったのは、すぐのことだ。まるで合わせたように、雲から月が顔を出した。

自分より大きな影に気付いた見張り役が、ごくりと空唾《からつば》を呑んで振り向く。そして、仁王立ちする佐吉に目をひんむいた。

「ぎゃぁあ！」

外の悲鳴に、立橋に斬りかからんとしていた帯刀が驚き、

「な、なんじゃ」

言った刹那《せつな》、雨戸を突き破り、障子を突き抜けて見張り役が転がり込んできた。

佐吉に投げ飛ばされた見張り役は、泡を噴《ふ》いて気を失っている。

「なに奴！」

「それはこちらが訊きたい」

落ち着いた声に応じて、帯刀が外をうかがう。その目の前に、信平が現れた。

狩衣姿を見て、帯刀の家来が庭に駆け下りる。

帯刀が舌打ちをした。

「誰かと思えば祈禱師か。構わぬ、斬れ！」

応じた家来が、気合をかけて信平に斬りかかった。

だが、信平はひらりと刀をかわし、手刀で後ろ首を打つ。

呻いて白目をむき、足から崩れるように倒れ伏した家来に、帯刀が目を見開いた。

信平が前に出ると、帯刀が叫ぶ。

「動くな！　動けば女を斬る！」

家来が江代をいつでも斬れるとふんでいる帯刀が脅すと、

「どこの誰を斬るのだ」

隣の部屋で声がした。

見ると、佐吉が家来の首に太い腕を回し、締め上げている。

もがいていた家来の力が抜け、首を垂れて気絶した。

腕を離されて伏し倒れる家来にぎょっとした帯刀の横にいる家来が、ぶるぶると震えはじめた。

帯刀と家来の前で刀を構えていた立橋が、刀を後ろに回して置き、正座した。

「二党殿とお見受けいたす」

立橋は、覆面をした二党を見上げて告げる。

「どうか、刀をお納めください。そちらにおわすのは、鷹司松平信平様にあらせられますぞ」

立橋が庭の信平を示すと、

「何！」

帯刀が愕然とした。そして、

「そ、そのようなお方が、貴様ごときの家に来られるはずはない」

自分に言い聞かせるように言うと、信平に刀を向けた。

「騙《だま》されぬぞ！　覚悟！」

帯刀は目を見開き、正座する立橋の首めがけて刀を横に振るわんとした。

だが、信平が放った小柄《こづか》が腕に突き刺さり、

「ぐわ」

激痛に顔を歪めて、腕を押さえた。

その隙に立橋が飛び付いて押し倒すと、帯刀の手から刀を奪い取り、切っ先を顔に向けた。

「うっ。ま、待て、斬るな」

「いいや、許しませぬ。あなたは信平様に刃を向けたのですぞ。このことが御公儀の耳に入れば、我が藩はどうなるとお思いか」

立橋は叫ぶように言い、覆面を取った。

帯刀が顔を隠そうとしても、すでに遅い。

悲鳴をあげた帯刀が庭に這《は》い出て、信平の足下にひれ伏した。

「どうか、どうか命ばかりはお助けくださいい」

「麿は、京の治安を守ることを命じられておる。帝《みかど》の御膝下《おひざもと》で悪事を働く不届き者を許すわけにはいかぬ」

いささか大仰《おおぎょう》に言う信平は、厳しい目をしている。

帯刀は、額から玉の汗を流し、恐怖に満ちた顔をした。

「もう二度といたしませぬ。何とぞ、何とぞお許しを」

額を地べたに当てて詫びる帯刀は、肩を震わせて嗚咽《おえつ》を漏らした。

上級藩士とは思えぬ無様《ぶざま》な振る舞いに、立橋は声を失っている。

信平は帯刀を見下ろした。

「二度と、立橋家の者に手を出さぬと約束できるか」

「御意のままに」

「息子にも、しかと伝えよ」

「はは！」

何度も頭を上下させる帯刀の顔は、土と鼻水と涙でどろどろになっていた。

「家来を連れて、去れ」

信平が命じると、帯刀は気絶している家来を必死に起こして、逃げ帰った。

庭に下りて平伏する立橋夫婦と息子の前に片膝をついた信平は、手を上げさせた。

「すぐにここを出て、麿の屋敷へまいれ」

驚く立橋に、信平が言う。

「麿は、帯刀のような男を信用せぬ」

「また、襲ってくると？」

訊く立橋に、信平はうなずく。

「このあとのことは、麿にまかせてくれ。悪いようにはせぬ」

信平はそう言うと、支度を急がせ、屋敷に連れて帰った。


立橋親子を屋敷に匿《かくま》って半月が過ぎた。

信平が睨んだとおり、帯刀は五日後に、立橋の家に刺客《しかく》を送り込んだ。

もぬけの空になっていることを知った帯刀は、京屋敷の留守居役に探りを入れたが、すでに信平が手を回していた。

立橋親子が信平の屋敷にいることを留守居役から聞かされた帯刀は、その場で九州の佐賀へ転居を命じられ、青い顔をしたという。

佐賀の領地へ行けば、これまでさんざん田舎者と馬鹿にしてきた藩士たちから、どのような仕打ちをされるか分かったものではない。

かといって、脱藩する勇気もなく、帯刀は、がっくりと肩を落としたという。

そのことを知らされた立橋は、屋敷に居《い》候《そうろう》するのを恐縮し、毎日のように帰らせてくれと言うが、信平は認めなかった。

というのも、信平は今、江戸からの返事を待っているのだ。

立橋を匿ったその夜のうちに書状をしたため、幕府老中、阿部豊後守忠秋《あべぶんごのかみただあき》へ送っている。

万之介の江戸行きを取り止めぬよう、佐賀藩主への取り成しを頼んだのだ。

阿部豊後守からの返書が届いたのは、立橋親子を匿った日から二十日後のことだった。

書状を読み終えて黙っている信平を案じて、善衛門が口を開く。

「殿、なんと書かれてあるのですか」

立橋親子は、三人並んで、信平の返答を待っている。

「よからぬご返答でござるか」

「いや。その逆じゃ」

信平は、万之介に顔を向けた。

「万之介」

「はい」

「そなたはこの先、日《ひ》ノ本《もと》にとって必要な逸材ゆえ、林鵞峰の下でしかと学ぶよう、上様《うえさま》が仰せになられたそうじゃ」

「う、上様が」

立橋が驚き、呆然《ぼうぜん》としている万之介の頭を押さえて下げさせた。

「もったいないお言葉でございます」

信平は、頭を下げる立橋の前に一通の書状を差し出した。

「これは、藩侯からそなたに宛てられたものだ」

押しいただくようにした立橋が、その場で開いて読み進める。そして、手をぶるぶると震わせた。

「江代、我らも、万之介と共に江戸へ行けるぞ」

驚く江代に、立橋が言う。

「家禄を百五十石与えるので、将来藩にとって大事な逸材になるであろう万之介を支えよと仰せだ」

「まあ」

思わず声を出した江代が、手で口を押さえ、信平に頭を下げた。

「信平様、ありがとうございます」

親子揃《そろ》って頭を下げられ、信平はうなずく。

「麿も、そなたたちに礼を言わねばならぬ」

そう言うと、善衛門が不思議そうな顔をした。

「殿、どういうことにござる」

「天下の秀才に災いが及ばぬよう、立橋親子を連れて江戸に帰れと、上様が仰せになったのだ」

「なんと！」

善衛門が腰を浮かせて、手をぽんと打ち鳴らした。

「では、京でのお役目は終わりにござるか」

「いや。そうとは書かれていない」

善衛門は落胆したが、すぐに明るい顔をした。

「一日でも二日でも殿がお帰りになれば、奥方様は喜ばれましょう」

「うむ」

「こうしてはおれませぬぞ。佐吉、急ぎ支度じゃ！」

「おう！」

二人はどたどたと廊下を走り、支度にかかった。

あまりのせわしさに呆気《あっけ》にとられている立橋親子に、信平は微笑む。

「麿は、江戸に帰りたいと思うておったのだ。礼を申すぞ」

すると、立橋が優しい笑みを浮かべた。

「奥方様のことでございますか」

信平はうなずいた。

「やっと、顔を見れる」

六

信平と善衛門が立橋親子と江戸に戻ったのは、それから十五日後だ。

日比谷《ひびや》御門外にある佐賀藩の上屋敷《かみやしき》まで送ると、藩主から感謝の言葉を受けたものの、酒宴の誘いは断り、早々に退散した。

「善衛門、急ぐぞ」

門を出るなり、信平は足を速めた。

善衛門は老体に鞭打《むちう》って付いてきたが、溜池《ためいけ》下の葵坂《あおいざか》に差しかかったところで、音《ね》を上げた。京からの長旅のあとだけに、無理もないことだ。

「殿、それがしのことは気にせず、お先にお帰りください」

坂の途中でへたり込む善衛門の脇を抱えてやり、通りかかった駕籠《かご》を雇うと、乗せて赤坂へ急いだ。

屋敷に近づくと、門の前を掃き清めていた八平が気付き、箒《ほうき》を投げ出して門内へ駆け込んだ。

程なく中井が飛び出し、

「信平様！」

笑みで言うと、感極まって声を詰まらせる。

「長の留守役、大儀であった」

信平がかしこまって言うのに何度も首を横に振り、中井が中に入ることを急がせる。

八平が開けてくれた大門を潜り、信平は玄関へ行く。

出迎えた糸が、目を赤くして頭を下げるのに応じた信平は、狐丸を腰から抜いて廊下を歩んだ。

狭いと思っていた屋敷の廊下が、今日ほど長く思えた日はない。

月見台の前を通り過ぎて奥向きへ行き、閉てられている障子を開けた。

「松」

声をかけると、眠っていた松姫が、ゆっくりと目を開けた。

「旦那様」

久々に聞く松姫の声は、弱々しかった。

信平はそばに行き、松姫の手をにぎり締めた。

温かい手は、力を込めると折れてしまいそうなほどか細い。

松姫の目に涙が溢れ、こぼれ落ちる。

信平はそれをそっと拭い、松姫の頰《ほお》に手を当てた。

「辛いか、松」

そう言うと、松姫は笑みを浮かべて、首を横に振った。

そして、信平がにぎっている手を引いて夜着《よぎ》の中に入れ、腹に当てる。

「この子は、甘酸っぱい林檎の香りが大好きなのですよ」

松姫はそう言って笑い、起き上がった。

「よう耐えてくれたな、松」

信平は、愛おしい松姫を抱き寄せ、安堵の息を吐いた。

第二話　乱れ坊主

一

この日、鷹司松平信平は、舅の紀州徳川頼宣に招かれ、隣の中屋敷《なかやしき》を訪れた。

松姫の顔を見に来ればよかろうに、徳川御三家でもっとも覇気《はき》に満ちている頼宣は、可愛《かわい》い娘のこととなるとめっぽう弱気になる。

「身重の姫に、気をつかわせとうないのじゃ」

そう遠慮して、上屋敷から隣の中屋敷まで来ても松姫の顔を見に来ず、中井春房などを呼びつけ、容態を訊いていた。

今日は、信平が江戸に帰ったと知り、上屋敷から飛んで来て、遣《つか》いをよこして呼びつけたのである。

中屋敷御殿の客間へ通されること程なく、頼宣が現れ、

「婿殿、ようまいった」

膝を突き合わせるように座り、手を取りながら言った。

手を強くにぎり締め、鬼瓦のような顔に笑みを浮かべる。

「京での役目、ご苦労であったのう。これで、姫も安心するであろう」

「ご心配を、おかけしました」

信平は離れて居住まいを正し、改めて頭を下げた。

「よいから頭を上げよ。して、どうなのじゃ姫は、すっかり良うなっておるのか」

「はい。今朝は林檎に加え、粥《かゆ》を食しました」

「うむ、これでもう安心じゃ。今日はの、国許から送られた滋養の薬草を持参しておる。持って帰って、姫に煎じてやってくれ」

「舅殿、遠慮なさらずにおいでください。松も喜びます」

「まあ、今日のところはよい。子が生まれたら、ゆっくり行かせてもらうとしよう」

信平がふたたび誘おうとすると、口を開く前に、頼宣が身を乗り出して言う。

「それより婿殿、そなたは、いつまで江戸におるのじゃ」

「明後日《あさって》に発ちます」

「三日前に帰ったばかりであろう。もう少しゆるりとできぬのか」

「されど、役目もございますので」

「人使いの荒いことよ」

頼宣が不機嫌に言う。

「禁裏付きの役目は確かに大事じゃ。しかし、公儀はそなたを、京の治安維持に使おうとしておるのではないか。所司代などは、そなたに頼り切っておると聞いたぞ」

「そのようなことはございませぬ」

「謙遜《けんそん》せずともよい。わしの家臣も京におるのじゃ。そなたの活躍は耳に届いておる」

信平は、何も言わずに目を下げた。

頼宣が、うかがうような顔で訊く。

「もしやそなた、殺伐《さつばつ》とした侍が暮らす江戸よりも、雅《みやび》な生まれ故郷のほうがようなったか」

「いえ、そのようなことはございませぬ」

「ならば、松姫のためにも、公儀に申し出て日延《ひの》べしてもらえ。せっかく帰ってきたのだ、せめてひと月、いや、半月でも長《なご》うおれ」

信平は、できればそうしたいと思っていたが、立橋家の者を送って江戸に帰らせてもらったこと自体が公儀の温情のようなもの。

将軍家旗本として役目を賜っている以上、長らく甘えてもいられない。

正直な気持ちを頼宣に言うと、

「さようか」

気を落としたようであったが、すぐに気分を持ちなおした顔を向けた。

「それでこそわしの婿殿じゃ。役目に励み、大名を目指せ」

どさくさに紛《まぎ》れて出世を促すところが頼宣らしいと思い、信平は苦笑いを浮かべた。

「姫のことは、江戸におる者にまかせておけ」

機嫌良く言う頼宣に頭を下げた信平は、屋敷に帰った。

松姫の部屋に入った信平は、床の上に座っていた松姫のそばに座り、湯呑みを手渡した。

「舅殿からいただいた滋養の薬だ」

笑みで受け取った松姫が、目を閉じて鼻に近づけ、香りを楽しんだ。

「父上が届けてくださったのですか」

「そなたの顔を見にお越しを願ったのだが、遠慮なされた。子供が生まれた時に、ゆっくり来られるそうだ」

松姫は薬湯を一口飲み、頬をゆるめる。

「甘くて美味しい」

「蜂蜜が入っている」

松姫は驚いた顔を向けた。

「旦那様が煎じてくださったのですか」

信平は微笑んでうなずく。

喜んで飲む松姫にはまだ、京に発つことを告げていない。

次はいつ戻れるだろうかと思っていると、その気持ちが伝わったのか、松姫が訊いてきた。

「子が生まれる頃には、江戸にお帰りになられますか」

両手で包む湯呑みを寂しそうな顔で見ている。

いつ戻れるか分かるはずもなく、信平が返答に困っていると、廊下に竹島糸が座った。

「信平様、お城から使者がまいられたとのことです」

「今行く」

応じた信平は、松姫の手を取り、

「休んでおれ」

表の客間に行った。


使者から渡された書状は、登城を命じるものだった。

葉山善衛門が訊く。

「いつにござる」

「明日だ」

信平が教えると、善衛門が不機嫌な顔をして、口をむにむにとやる。

「明後日には発たねばならぬというのに、なんでござろうな」

善衛門は考えるまでもなく、手の平で膝を打つ。

「もしや、ご加増でござろうか。京でのお働きを思えば合点《がてん》がいきます。殿、そうに決まっておりますぞ」

「淡い期待は抱かぬことだ。京に赴《おもむ》く前に、役料を賜ったではないか」

「役料は役料。ご加増とは違いまする。明日は、それがしもお供しますぞ」

「うむ。書状にも、そなたと来るように書かれている」

すると善衛門が、考える顔をした。

「なんでござろうな。いやな予感がしてきましたぞ」

「そう勘繰《かんぐ》るな。明日になれば分かる」

信平はそう言うと松姫のところへ戻ったのだが、松姫は眠っていたので自室に入り、狐丸の手入れをした。

日暮れ時になり、善衛門と夕餉《ゆうげ》を摂っていると、糸が顔を出し、

「奥方様が、普通のお食事をなされました。もう安心でございます」

嬉《うれ》しそうに言う。

善衛門が安堵の顔をして箸《はし》を止めたかと思うや、腕を目に当てて拭う。

「ようござった。ほんに、ようござった」

声を裏返して感情を表に出す善衛門に釣られて、糸も目尻を拭っている。

これで、安心して上洛できる。

信平はそう思い、夕餉を食べる口元に笑みを浮かべた。

翌朝は巳《み》の刻（午前十時頃）に江戸城に上がり、将軍家綱《いえつな》には、黒書院で拝謁《はいえつ》し

た。

老中松平伊豆守《いずのかみ》と阿部豊後守が同席し、信平と共に登城した善衛門は、裃《かみしも》を着けて下段の間の下座に控えた。

「上様の御尊顔を拝し、祝着至極に存じまする」

裃を着けている信平が口上を述べると、家綱から顔を上げよと声がかかった。

応じて居住まいを正す信平の前で、家綱が御簾《みす》を上げさせた。

久々に見る家綱は、顔立ちがますます凜々《りり》しくなり、天下人としての威厳が漂っている。

「信平、ようまいった」

「はは」

「善衛門、大儀である」

「ははあ！」

善衛門が張り切って大きな声を出すので、伊豆守が迷惑そうな目を向けた。

家綱が笑い、信平に言う。

「林鵞峰が、良い弟子を得たと大喜びしておった。信平、そなたのおかげじゃ、余からも礼を言うぞ」

信平は両手をついて平伏した。

「もったいのうございまする」

「今日そちを呼んだのは、京での役目のことじゃ」

「はい」

「これまで大儀であった。今日をもって、そちの役目を解く」

このまま江戸に残ることができるのか。

信平が顔を上げると、家綱が問う。

「不服か」

「いえ、めっそうもないことでございます」

家綱がうなずき、そして告げる。

「役料と京屋敷は返上してもらう。よいな」

このまま江戸に残れるなら、何も言うことはない。

信平は快諾《かいだく》した。

「承知いたしました」

「信平、望みがあれば申せ」

家綱に言われたが、信平は首を横に振る。

「何もございませぬ」

「そうか。では、これからは江戸の民のため、徳川のために励め」

「はは」

「話は変わるが、そろそろ屋敷が手狭ではないか」

「いえ、そのようなことはございませぬ」

「いいや、手狭であろう。のう、善衛門」

家綱に言われて、善衛門が顔を上げ、目を泳がせる。そして、家綱が言わんとしているることに気付き、ぱっと明るい顔をした。

「上様のおっしゃるとおりでございまする」

「うむ」

うなずいた家綱が、手を打ち鳴らした。

すると、下座に三方《さんぽう》を持った小姓が現れ、信平の前に置いた。

三方には、目録が載せられている。

信平は目礼し、家綱の言葉を待った。

「信平、そちに五千両を与える。屋敷を大きくするがよいぞ」

「上様……」

驚く信平に、家綱は屈託《くったく》のない笑みを浮かべてうなずく。

「遠慮はいらぬ。余の気持ちを受け取ってくれ」

信平は、家綱の心遣いを嬉しく思い、平伏した。

「謹《つつし》んで、頂戴いたしまする」

黒書院を辞した信平は、控えの間で目録を善衛門に託した。

「奥方様のご懐妊を知られた上様のご配慮、ありがたいことですな」

善衛門はそう言うと、黒漆塗《くろうるしぬり》の手箱に目録を納め、押しいただくようにして、挟箱《はさみばこ》に入れた。

「どのような増築をするかは、善衛門、そなたにまかせる」

「おまかせあれ、おまかせあれ。立木屋《たつきや》の弥一郎《やいちろう》に命じて、今度こそ、鷹司松平家に相応しい普請《ふしん》をさせまする。深川《ふかがわ》の店賃《たなちん》も、相当な額が貯《た》まっておりましょうしな」

「長屋の店賃は、火事に備えるための蓄えじゃ。手を付けてはならぬ」

すると、善衛門が不服そうな顔をした。

「少しぐらいは、よろしいのでは」

「ならぬ」

信平がきっぱりと言うと、善衛門は首をすくめた。

信平は、裃から狩衣に着替えながら、善衛門に言う。

「京に文を送り、佐吉に屋敷の明け渡しをさせねばならぬ」

「それがしが送ります。お初もおりますから、心配はいりますまい」

「鈴蔵は、江戸に来るだろうか」

「来ますとも。あの者は、殿が行かれるところはたとえ火の中水の中でもお供しますぞ。佐吉とも、うまくやっておるようでござるよ」

「うむ。このように早く、皆とまた江戸で暮らせるとは思うてなかった」

「まったくでござる。上様に感謝せねばなりませぬな」

善衛門は嬉しそうに、家綱の居室がある方角へ向かって手を合わせた。

城からくだり、赤坂に帰った信平は、真っ先に松姫のところへ行った。すると松姫は、床払いをして待っていた。

「起きてよいのか」

驚く信平に、松姫は笑顔で応じる。

「すっかり吐き気もなくなり、おなかもすくようになりましたから、もう大丈夫でございます」

松姫は、紅梅色《こうばいいろ》の小袖《こそで》に、赤地に鶴《つる》の刺繍《ししゅう》が鮮やかな打掛《うちかけ》を着けている。

艶《あで》やかな松姫を見るのは、いつぶりだろう。

戌《いぬ》の日に腹帯《はらおび》を巻いたことで、少しだけ腹が出ている。

信平は、腹にそっと手を伸ばした。

「京での役目を解かれた」

聞いた途端に、松姫が目を輝かせる。

「では、もう行かなくてもよろしいのですね」

「うむ。江戸の民と、将軍家のために励めと仰せになられた」

そう言うと、松姫が手を重ねてきた。

「お役目、ご苦労さまにございました」

「うむ」

松姫の腹が、ぐぅっと鳴った。

「子が、腹をすかせておるようじゃ」

信平と松姫は、顔を見合わせて笑った。

二

佐吉とお初が京屋敷を明け渡して江戸に戻り、赤坂の屋敷はにぎやかになった。

佐吉に従っていた鈴蔵は、赤坂の屋敷の敷地《しきち》の広さに驚き、

「やっぱり、おれが見込んだ殿様だ」

などと佐吉に言い、感心した。

母屋《おもや》の増築はまだはじまっていないが、鈴蔵が暮らす長屋だけは、佐吉夫婦の長屋の隣へ用意している。

庭にこだわりをもっている佐吉には、増築に向けて庭の整備をまかせたので、二人とも、江戸に帰るなり忙しく働いた。

一人京に取り残される形となっていた五味正三はというと、所司代に泣きついて、江戸への帰参を果たしている。

その五味が、困った顔をして信平の屋敷を訪れたのは、良く晴れた日のことだった。

いつもはお初の味噌汁《みそしる》目当てに朝早く来るのだが、この日は昼もとうに過ぎた頃に顔を出した。

居間にいる信平の前に座った五味に、善衛門がすかさず訊く。

「五味、どうしたのじゃ。珍しく真剣な顔をしておるではないか」

「ご隠居、珍しく、は余計ですよ」

「いつもとぼけた顔をしておるくせに、よう言うわい」

「何かあったのか」

信平が割って入ると、五味が膝を進める。

「ちと、困っているのです」

小声で言う五味に、善衛門が耳に手を当て聞いている。

「おなごか」

信平が先回りをして言うと、五味がうなずいた。

「実は朝方から、組屋敷に女を匿っているのです」

冗談のつもりだった信平は驚いた。

「図星か。して、何を困っている」

五味が居住まいを正して言う。

「その女は名を問うても名乗らないのですが、どう見ても身分が高い家の者ではないかと思うのです。おれは、大名家に関わりがあると睨んでいるのですが、逃げて来たわけを訊いても答えぬし、奉行所に行こうと言っても応じない。ただただ、黙って座っているだけなので、どう扱っていいやら分からなくて、知恵を借りに来ました」

「何！　五味、おぬしは大名家の姫と暮らしておるのか！」

善衛門が大声で言った。わざと言ったようで、お初がどう出るか確かめるように、首を伸ばして台所のほうを見ている。

五味が眉毛をへの字に下げて慌てた。

「ご隠居、声が大きいですよ」

そこへ、お初が茶を持って来たので、五味は前を向いて押し黙った。

お初は、感じの悪い態度をする五味の前に湯呑みを荒々しく置いて立ち上がり、前を向いて緊張している五味の背中を睨むようにしながら去っていく。

茶の礼を言おうとして五味が振り向くと、お初は顔をそらして背中を向けた。

「出ていかないので困っているのです！　信平殿、どうすればよいですかね！」

お初に聞こえるように大声で言うものだから、信平は迷惑そうな顔をして、指で耳をほじりながら応じる。

「麿が話を聞いてみよう。ここへ連れて来るがよい」

「おお、それはありがたい！」

「誰かに追われているとしたら厄介《やっかい》だ。佐吉を迎えに行かせよう」

「いやいや、それには及びませぬ。御用聞きもいるので大丈夫。では、明日連れて来ます」

「今日ではないのか」

「これから奉行所へ行きますので」

五味はそう言うと、信平の屋敷から帰った。

奉行所での仕事を早めに終えて八丁堀《はっちょうぼり》に帰った五味は、ひょっとしたらもういなくなっているかもしれないと思いつつ、そっと門扉《もんぴ》を開けて入り、音を立てぬように閉めた。

様子をうかがうように、表の戸口へ歩いていく。

木戸が開けっ放しの土間に入って、上がり框に手をついて家の中の気配を探ろうとした五味は、煮物の匂いがしたので思わず嗅いだ。

「いい匂いだ」

京から帰って新しく雇った下女のおひさが夕餉の支度をしているのだろうと思い、旨そうな匂いに誘われるように上がると、台所で働く女の姿を見て、ぎょっとした。

おひさが五味に気付いて、女を見て困ったような顔をしている。

「ただいま、戻りました」

大名家の者だと決めてかかっている五味は、板の間で正座して、女に頭を下げる。

女が振り向き、笑みを浮かべて頭を下げた。

「台所仕事はおひさにまかせて、どうぞ、楽にしていてください」

五味が申しわけなさそうに言うと、女は白い歯を見せて首を横に振る。

「もうすぐ出来上がりますから、お待ちになっていてください」

えくぼが可愛い女の笑顔にどきりとした五味は、思わずはいと答えた。そしておひさを手招きして呼び、着替えを手伝ってもらいながら訊く。

「どういうことなのだ」

所帯を持っている中年のおひさが、慣れた手つきで着替えを手伝いながら応じる。

「あたしがやると言ったんですが、泊めてもらうのに何もしないのは申しわけないとおっしゃって」

「ふぅん」

「でも旦那様、ほんとうに大名家のお姫様ですか」

「どう見たって、いいところの姫君だろう」

「そうでしょうかね。上げ膳据え膳が当たり前のお姫様が、あんなにてきぱきと台所仕事ができますかね」

言われてみればそうだと五味は思った。

「あたしは必要ないようなので、これで帰らせていただきますよ」

「それは困る」

「もう日が暮れますし、うちの人も帰ってきますから」

通いのおひさは、含んだような笑みを浮かべて、

「お二人でごゆっくり」

などと言うと、五味が止めるのも聞かずにいそいそと帰っていった。

二人きりで夜を過ごすのかと思うと、なんだか落ち着かなくなる五味である。

そわそわと部屋の中を歩き回り、そっと開けた襖の隙間から台所を覗いた。

女の後ろ姿もいいが、横顔も美しく、五味はつい見とれてしまっている。

女が膳を持って板の間に上がったので、五味は慌てて居間に正座した。

「失礼します」

「はい」

上ずった声を誤魔化《ごまか》すために咳をして、低く落ち着いた声で言いなおす。

「どうぞ」

襖を開けて、女が入ってきた。

目の前に置かれた膳には、煮物と鯖《さば》の塩焼きと味噌汁が載せられ、おひさが作る食

事とさして変わりはない。

「いただきます」

手を合わせて里芋の煮物を口に運んだ五味は、目を見開いた。

「お口に合いませぬか」

「いや、その逆です。これは旨い」

そう言って、次は味噌汁をすすってみる。

味噌汁はお初の味には敵《かな》わぬが、おひさよりは旨い。鯖の焼き加減も絶妙で、身がふっくらしている。

見よう見真似でこんなに美味しい飯を作れるはずはない。普段から料理をしているということだ。

大名家の姫だというのは考え違いだったかと五味は思い、少しほっとした。

飯を三杯もおかわりした五味は、お茶を出してくれた女の顔を見た。

目と目が合うと、女が笑みを浮かべた。

今朝は悲しげな顔をしていたのに、今はまったく顔つきが違う。

よく笑う女だと五味は思った。同時に、何があってここに来たのだろうと思い訊こうとしたのだが、その前に名だ。

「どうお呼びすれば、よろしいですか」

五味が言うと、女は少しだけ考える顔をして答えた。

「秋《あき》と、お呼びください」

季節を名にするので偽名だと五味は直感したが、何も言わず受け入れた。

「では、秋殿」

「はい」

「今朝も訊きましたが、お見受けしたところ、あなたは名のある御家の人でございましょう。このような不浄《ふじよう》役人の組屋敷に来るとは、よほどのことがあったのではないですか。それがしでよければ、何があったのか話していただけませんか」

すると秋は、正座した膝の上で重ねていた手をにぎり、うつむいてしまった。

「何も訊かず、置いていただけませんか。そのかわり、なんでもいたします」

なんでもすると言われて、五味は一瞬だけいやらしいことを想像してしまい、自分の頬をたたいた。

秋が音に驚いた顔を上げるので、五味は指先で頬をかくふりをして誤魔化した。そして言う。

「まあ、たかが町方同心が頼りにならぬと思われるお気持ちは分かります」

「そのようなことは……」

慌てる秋を制した。

「いやいや、いいんです。それよりも、それがしは非常に頼りになるお方と友なのですが、どうです、明日、相談しに行ってみませんか」

五味が誘うと、秋は辛そうに首を横に振り、両手で顔を覆ってうずくまってしまった。

あんなに笑っていた秋の変わりようにうろたえた五味は、秋のそばに行き、声をかけた。

「外へ出るのが怖いのですか」

そう訊くと、秋が五味の足にしがみついてきた。よほど恐ろしい目に遭わされたのか、震えている。

五味はそっと肩に触れ、しっかりと力を込めた。

「分かりました。ここに隠れていてください。そのお方には、ここへ来ていただくよう頼みますから」

「そのお方は、武家ですか」

「はい」

「では、お会いしませぬ」

「大丈夫。鷹司松平信平殿ですよ」

信平の名を告げても、秋は拒んだ。

「信平殿のことを、ご存じない？」

「知りませぬ」

「ほんとうに？」

「はい」

五味は驚いたが、江戸には数十万もの人間が暮らしているのだ。将軍ではないのだから、知らぬ者がいても不思議なことではない。

気持ちが落ち着くまで二、三日様子を見ようと決めた五味は、

「安心なさい。ここを出なくてもよいですし、誰も連れて来ませんから」

そう言って、秋の背中をとんと軽くたたいて、顔を上げさせた。

「おなかがすいたでしょう。ここはいいから、少しでもお食べなさい。部屋はいくつか空いていますから、気に入ったところをお使いください」

秋は五味から離れて、頭を下げた。

「かたじけのうございます」

た。

「いえいえ」

人が好《よ》い五味は、釣られて頭を下げる。

秋が選んだ部屋は、五味が寝起きしている六畳間とは襖を一枚隔てただけの隣だった。

これには五味も驚いたが、

「怖いのでございます」

秋はそう言って、懇願する。

町方同心を信じているのだろうが、中には女癖の悪いのもいる。

見知らぬ同心の家に駆け込むほど恐れている相手がいるのだと思った五味は、秋の望みどおりにさせてやった。

とはいうものの、若くて美しい女が隣に眠っているとなると、さすがの五味も落ち着かない。

以前善衛門に飲まされた、やけに興奮する妙な薬を飲んでいたら抑えが利かなかっただろうと思い、五味は夜着を頭から被《かぶ》って目をつむった。

追っ手が来るかもしれないという緊張もあり、まんじりともしないで朝を迎えた五味は、ぼうっとした頭で朝餉《あさげ》をすませ、通って来たおひさに秋のことを口止めするのだけは忘れずに、仕事に出かけた。

北町奉行所の門を潜り、同心の詰め部屋に入ると、与力の出田《いでた》が歩み寄ってきた。

「おい五味、酷い顔をしているが、大丈夫なのか？」

五味は、げっそりとした顔で手をひらひらとやる。

「頭がぼうっとしています」

「そいつはいつものことだろう」

うはははと笑う出田が、じっとりとした目を向ける五味の肩をたたいて、

「無理するなよ」

そう励まして立ち去ろうとして、手を打った。

「そういえば昨日、お前さんが帰ったあとで侍が訪ねて来たぞ」

「どなたです？」

「ええっと、待ちなよ」

出田が自分の文机に戻り、書き物を確認した。

「秋月《あきづき》と申される御旗本だ」

「あきづき……」

聞いたことのない名だが、五味ははっとした。女が秋と呼ばせたのは、名字から取

ったのではないかと思ったからだ。

「どこの秋月様です？」

「さあ」

「下の名は？」

「末武《すえたけ》と名乗られたな」

「秋月末武」

「酷く疲れたご様子だったが、おらぬと告げたら帰ったそうだ。何かあったのか」

「さあ」

首をかしげた五味は、書庫から旗本武鑑《ぶかん》を引っ張り出し、秋月末武の名を調べた。

屋敷は九段下《くだんした》。今は無役だが、二千石の立派な家柄だ。

「やはり、姫であったか」

「姫がどうしたって？」

出田が訊くので、五味はあたりを見回して同輩たちがいないのを確かめ、出田に顔を向ける。

「内密に」

と、念を押し、女を匿っていることを話した。

表情を険しくした出田が、

「そいつは怪しいな」

そう言って、難しい顔をする。

「旗本が絡んでいるとなると、深入りせぬほうがよいぞ」

「分かっています。なんの用かだけ、訊いてきます」

「おい」

「大丈夫です。用向きを訊くだけですから」

五味は武鑑を閉じて書庫に戻し、出かけた。

門を出ると、岡《おか》っ引《ぴ》きの梅吉《うめきち》が擦り寄ってきた。

「旦那、お供しやす」

腰を低くして言う梅吉は、京から帰った五味が預けられた赤坂から麻布《あざぶ》一帯を縄張りにする岡っ引きの一人で、異名を楊枝屋《ようじや》の梅吉と言う。

三十二歳の梅吉は、岡っ引きとして人望もあり、頼りになる男だが、九段下の旗本が相手では役に立たない。

「これから行くのは旗本だ。ばっさりやられても文句は言えぬが、それでもよければ付いてきな」

一人で行くつもりで脅したのだが、

「ようがす」

梅吉は臆するどころか、

「旦那はあっしがお守りしやすよ」

そう言って、十手《じって》をにぎる手にぺっと唾を吐いた。

「そいつは必要ない。しまっておけ」

「へい」

素直に十手を懐へ隠す梅吉を連れて、五味は神田橋《かんだばし》御門から市中へ出ると、九段下へ行った。

三

立派な長屋門《ながやもん》の前に行くと、物見窓《ものみまど》から門番が顔を覗かせた。

「おそれいります」

五味は丁寧《ていねい》な言葉で身分と名を告げ、あるじ秋月末武殿に訊きたいことがあると言うと、門番は一旦引っ込み、程なく潜り戸は開いた。

出てきたのは、若党らしき男だ。

「町方が殿になんの用だ」

不浄役人を見くだす目で、偉そうに言う。

五味はぐっと気持ちを抑えて会釈をする。

「なんの用かと訊いているのだ」

急かす若党に、五味は穏やかに言う。

「それは、こちらが訊きたいことでございますよ」

「何？」

「昨日秋月様が、それがしを訪ねて北町奉行所まで足をお運びになられたと聞いたものですから、こうしてわざわざ足を運んでさしあげたのです」

嫌味を込めると、若党の知らぬことなのだろう。

「しばし待て」

急に弱気な態度となって一旦入り、程なく戻ってきた。そして、人が変わったように優しく告げる。

「どうぞお入りください」

「はは」

五味は梅吉を表に待たせて、若党に続いた。

屋敷の敷地の広さは信平邸の比ではないが、建物はこちらのほうが立派だ。

そう思いながら若党の後ろを歩いていく。

通り庭から案内されたのは、手入れが行き届いた表の庭だった。

障子が開けはなたれた座敷の廊下に座る男が、五味を見てきた。

目つきが鋭い。

いやな目をした男だと五味は思いつつ、座敷の奥を見る。

あるじと思《おぼ》しき若い侍が、上座に座っている。

若党に促された五味は、濡《ぬ》れ縁《えん》に上がる段梯子《だんばしご》のそばに行き、膝をついて頭を下げた。

「どうぞ、上がってください」

廊下に控えている別の若党に言われて、五味は驚いて顔を上げる。

「いえ、不浄役人ですからここで結構」

遠慮して言ったが、若党が無言で手を差し伸べて促す。

目つきの悪い侍が、刀のこじりを廊下に立てて音を出し、威嚇《いかく》する。

「遠慮はいらぬ。早《はよ》う上がれ」

五味が顔を向けると、告げた侍は睨み返した。

五味は軽く頭を下げ、雪駄《せった》を脱いだ。

廊下に正座して名を名乗り、

「秋月末武様でございますか」

上座の若侍に訊くと、

「そうじゃ」

秋月が答え、厳しい口調で訊く。

「わしに用とはなんじゃ」

五味が答えようとすると、秋月は文机に目線を落とし、筆を持った。

「わしは写経が忙しいゆえ、早う申せ」

無礼な男だ。

五味は不機嫌になりつつも、ひとつ息をして言う。

「昨日、それがしをお訪ねになられたと聞いたものですから、御用の向きをうかがいにまかりこしました」

「わしは知らぬ。人違いであろう」

秋月は否定したが、疲れた顔には、自分だと書いてある。

「いや、そのようなことはございますまい」

「くどい！　知らんものは知らん！」

昨日は用があったのに、今日はないと言う。

そんな秋月を不審に思った五味は、閉てられた襖の奥に、人の気配があることに気付いた。

これ以上の追及は危ういと察した五味は、

「さようでございますか」

頭を下げて詫び、引き下がった。

五味が庭から去ると、座敷に控えていた若党の目つきが変わり、廊下にいる侍と顔を見合わせてうなずく。

応じた侍が立ち上がり、五味を追って出た。

見送った若党が秋月に膝を転じて、唇に薄い笑みを浮かべる。

それと同時に襖が開き、侍が二人現れた。

身なりは清潔で、一見すると大名家か旗本の家臣のように思えるが、顔つきに品格がない。

そのうちの一人が、文机に向かう秋月の前に立った。

秋月が筆を置いて見上げると、侍が唇の右端を上げて不敵な笑みを浮かべた。

「つたく、人がせっかく足を運んでやったというのに、なんだいあの態度は」

五味が文句を言いながら帰っていると、梅吉が後ろから声をかけた。

「旦那」

「なんだ」

「あっしの思い違いかもしれやせんが、つけられてますぜ」

「振り向かずに、付いて来い」

五味は神田橋御門に向かって歩みを進めていたが、町家が並ぶ人気《ひとけ》が多い道に入った。

商家の角を曲がって裏の路地に入ると、

「走れ」

五味は梅吉の肩をつかんで走った。

追って来た侍が、あたりを見回しながら人気の少ない路地を歩んで行く。

梅吉と共に物置に潜んでいた五味は、粗末な板壁の隙間から追っ手を見ていた。

廊下に座っていた侍だと分かり、やはり秋は、秋月家となんらかの揉めごとがあるのだと確信した。

侍が行ってもしばらく潜んでいると、また戻ってきた。

鋭い目であたりを見回していた時、家の裏の戸が開き、住人の男が出てきた。その刹那、侍は抜く手も見せずに抜刀し、白刃を住人の喉元でぴたりと止めた。

持っていた木箱を落として尻餅をつく住人に、侍が訊く。

「間抜けな面《つら》をした町方同心を見なかったか」

住人が引きつった顔で首を横に振ると、侍は舌打ちをして納刀し、去っていった。

「間抜けな面とは無礼な奴だ」

五味が怒ると、梅吉が噴き出した。

「笑うな」

頭をぽかりとやった五味に、首をすくめて梅吉が言う。

「それにしても、相当な遣い手ですね。あっしが気付かなきゃ、危ないところでしたよ」

「そんなことは分かっているよ」

出ようとする五味を、梅吉が引き止めた。

「まだそこらにいるかもしれやせんから、暗くなるまで待ったほうがよろしいんじゃ」

「暗くなるまで、あと何刻あると思ってやがる」

言った五味が、勢いよく戸を開けて外に出て、表通りに戻ろうとしたのだが、すぐに足を止めて、侍が去ったほうとは反対に向きを変えて歩んだ。

神田川へ出て川下へくだった五味は、用心に用心を重ねて大川まで出ると、そこで舟を雇い、梅吉を乗せてやった。

心配する梅吉を麻布へ帰らせた五味は、奉行所には向かわず、真っ直ぐ組屋敷へ帰った。

帰る途中で、秋月の手が組屋敷に回っているのではないかと不安になり、走りはじめた。

木戸門へ飛び込むように入ると、庭を掃いていたおひさが仰天《ぎようてん》して箒を放り投げ、悲鳴をあげて尻餅をついた。

「すまん、おれだ」

詫びた五味が、秋は無事かと訊くと、胸を押さえて息を整えたおひさが言う。

「心の臓が止まるかと思った。もう、なんにもないですよう」

五味は木戸門を閉めて門を掛けると、何ごとかと不思議がるおひさに今日はもういいと言って、裏から帰らせた。

信平の屋敷に助けを求めて走ろうかと考えたが、今からでは日が暮れてしまう。遠回りをするんじゃなかったと後悔したが、八丁堀は同心と与力の屋敷が密集する場所。手荒な真似はできまいと思い、戸締まりを厳重にした。

おひさが作ってくれていた夕餉をすませると、まだ明るいのに雨戸を閉める五味に、秋が何ごとかと訊く。

恐れさせまいとした五味は、

「夜回りがありますので、少し眠ります」

と、嘘をつき、蠟燭《ろうそく》に火を灯した。

「今夜は、秋殿も早くお休みください」

そう言って、洗い物をすると言う秋を部屋に押し込めて、戸を閉めた。

秋月末武が何者か訊こうとした五味であるが、秋にとって聞きたくない名前かもしれないと思いやめた。

三本目の蠟燭が燃え尽きようという頃になると、五味は眠気に襲われて、うとうとしはじめた。

ふっと目をさまし、襖の向こうの様子をうかがう。

「眠りましたか?」

訊いたが、返事はなかった。

もう真夜中のはずだから、すっかり眠っているのだろう。

五味はそう思い、大あくびをして横になり、肘枕《ひじまくら》をした。

昨夜からの疲れもあり、すぐに眠くなった。

眠りの中に吸い込まれかけた時、五味は目を開けた。裏手の雨戸が、ことり、と、音を立てたのだ。

来ないと高をくくった己の未熟を呪う思いで、五味は起き上がった。

屋内では不利な槍《やり》をあきらめ、そばに置いていた刀に手を掛けた、その刹那、反対の表側の障子が開けられた。

「あ!」

意表を突かれた五味が、表から飛び込んできた黒装束の曲者《くせもの》に応じて抜刀しようとしたが、背後から現れた曲者に手刀で首を打たれ、不覚にも、気を失って倒れた。

四

目を開けた五味は、はっとして起き上がった。

真っ暗で何も見えない。

「秋殿」

声をかけたが返事はなく、五味はあたりを手探りした。

夜着が指先に当たり、刀も当たる。

ここが自分の家だと分かった五味は、表側に這って行き、障子を開けて廊下に出ると、雨戸を開けた。

月明かりを頼りに部屋の中を見る。

蠟燭の燭台《しょくだい》も倒されておらず、家の中が荒らされた様子もない。

だが、首の痛みが、夢ではないことを教えてくれる。

五味は蠟燭に火を灯して隣の部屋に行った。すると、秋が寝ていた布団はもぬけの殻《から》で、夜着が荒々しく部屋の隅へ飛ばされていた。

五味は外へ出たが、犬の鳴き声もせず、静まり返っている。

うずくまって震えていた秋のことが脳裏に浮かんだ五味は、きつく目を閉じた。

「おのれ、秋月」

あいつが攫《さら》わせたに違いないと思った五味は、家の中に駆け戻って先祖伝来の槍を取り、夜の町へ走り出た。

町の木戸番に十手を見せて訊く。

「女連れの侍が通らなかったか」

すると木戸番が、通っていないと言う。

舟を使ったかもしれぬと思った五味は、木戸を開けさせ、九段下へ急いだ。

秋月家の門前に着くと、潜り戸を蹴った。

すると、戸締まりがされておらず、すんなり開いたので、五味は飛びすさって槍を構えて警戒した。

だが、誰も出てくる気配がない。

用心して中に入ると、門の柱の下に人が倒れていた。

月明かりに見えるのは、昼間対応した、若党の顔だった。

「どういうことだ」

独りごちた五味は、若党の息を確かめた。

絶命しているが、身体はまだ温かい。

曲者が中にいるかもしれぬと思い、五味は表の庭に走った。

戦いの気配もなければ、刀がぶつかる音もしない。

静かすぎる庭を進んだ五味は、表の座敷を調べ、奥へと向かった。

すると、奥の部屋で微《かす》かな声がした。

声がした部屋の障子を開けると、血の匂いがする。

五味が雨戸をすべて開けて部屋に戻ると、二人の侍と、秋月が倒れていた。

倒れている侍たちにはすでに息がなかった。酷い拷問《ごうもん》を受けたのか、顔は赤黒く腫《は》れ上がり、口から血を流している。

呻き声がしたので、五味が振り向く。

呻いたのは、秋月だった。

「しっかりしろ」

五味が槍を置いて声をかけると、秋月が微かに目を開けた。

五味に気付いた秋月が、胸ぐらをつかんで言う。

「紗江《さえ》は、妹は無事か」

「妹！　おれが匿っていたお人は秋と名乗っていたが、何者かに攫われましたよ」

そう言うと、秋月がきつく目を閉じた。

「昨日奉行所に来たのは、あなたですか」

五味の問いに、秋月が力なくうなずく。

「巻き込んで、すまなかった。そなたに助けを求めさせたのは、このわたしだ。妹は、わたしのせいで追われることとなり、切羽詰《せっぱつ》まって逃がしたのだ」

「そんなことはいい。紗江殿を攫った奴らは誰なのです」

秋月は意識が朦朧《もうろう》としはじめているのか、問いに答えず、うわごとを言う。

「町方の者なら誰でもよかった。とにかく八丁堀に逃がしておけば、奴らも手出しするまいと思ったのだ」

「おい、しっかりしろ。攫ったのは誰だ！」

「紗江から、そなたのところにいるという文が届いたのだ。揉めごとが解決するまで、しばらく預かってくれと頼むつもりで行ったのだが、会えなかった」

五味は秋月の頰をたたいた。

「しっかりしろ！　そんなことはいいから、訊いたことに答えるんだ。おい！」

目を開けた秋月が、

「死にたくない、だから、つい」

そう言うと、目を潤《うる》ませた。

「居場所を言ったのか。そうなんだな」

「す、すまなかったと、妹に」

「誰に攫われたのだ。悪党の名を言え！」

「こ、小石川《こいしかわ》の、ちょ……」

紗江を攫った者を教えようとした秋月は、消え入るような声を発していたのだが、こと切れてしまった。

最後まで聞き取れなかった五味は必死に起こそうとしたのだが、秋月の息を吹き返させることはできなかった。

攫われた紗江がどのような目に遭わされているのかと思うと、五味は居ても立ってもいられなくなり、外へ出た。

信平に助けてもらおうと思い、門から出た刹那、駆けて来た者たちに行く手を阻《はば》まれた。

「先手組《さきてぐみ》である。神妙にいたせ！」

「違う、人違いだ！」

五味は十手を見せたが、置いた時に血が付いた槍を持っていたのがいけなかった。

しかも、穂先《ほさき》と袴が秋月の血で汚れている。

問答無用で捕らえられそうになった五味は、

「こんなところでぐずぐずしてられないんだ！」

叫んで槍を振り回して逃げようとしたが、相手は遣い手が揃う先手組だ。たちまち取り囲まれて倒され、捕らえられてしまった。

屋敷の中へ入っていった先手組の者が出てきて、秋月たちが殺されていることを告げると、組頭《くみがしら》が怒りに満ちた目を五味に向ける。

「組頭殿、人違いだ」

五味が言ったが、組頭は聞く耳を持たない。

「引っ立てい！」


先手組の役宅に連れて行かれた五味は、町奉行所とはくらべ物にならない厳しい拷問を受け、秋月殺しの自白を求められた。

違うと言っても、ろくに調べもせず、自白をさせて片づけようとしているのは明白だった。

江戸市中の警備をまかされる先手組には、このように荒々しい取り調べをして手柄の数を増やそうとする手合いがいる。

五味の場合は、運悪くそういう先手組に捕まったのではない。殺された秋月が、槍で胸を突かれていたからだ。

それゆえ先手組は、五味を下手人《げしゅにん》と決めつけ、厳しく責めたのだ。

五味が得意の槍を持って秋月家に行かなければ、ここまで責められはしなかっただろうが、紗江を攫ったのが秋月と決めつけて動いたのが、浅はかであった。

秋月家が襲われているのを知らせたのは、たまたま通りがかった駕籠かきだった。

駕籠かきが辻番《つじばん》に駆け込み、辻番から知らせを受けた先手組頭の伊東弾正《いとうだんじょう》は、馬を駆ってただちに出役《しゅつやく》し、出てきた五味と鉢合わせになったのだ。

だがこの時、五味が連行されるのを陰から見ていた者がいた。

五味が昼間に秋月家を訪ねた時、廊下に座っていた目つきの鋭い男だ。

その男は、闇の中でほくそ笑み、小石川の方角へ去っている。

厳しく責められた五味は、顔が脹《ふく》れ上がるほど殴られながらも、自分の身の潔白《けっぱく》を必死に訴えた。

伊東は、これはどうもおかしいと思ったのか、責めるのをやめさせて、裏を取るよう配下の者に命じた。

命拾いした五味は、牢《ろう》に押し込められ、一夜を明かすことになったのだ。

顔の痛みに耐えながらも、五味は紗江のことを心配し、格子にしがみ付くようにして、秋月の妹が何者かに攫われたことを訴え続けた。

牢番がうるさいと怒鳴ろうが、棒で突かれようが、五味はあきらめなかった。

あまりのしつこさに、牢番はうんざりしたような顔をして牢の前から去ってしまったので、五味は途方にくれて、壁に背中を預けて座っていた。

その五味の前に先手組の者が現れたのは、外がすっかり明るくなり、さらに半日が過ぎた頃だった。

拷問場で威張りくさり、五味を痛めつけていた先手組の与力が、ばつが悪そうな顔をして頭を下げた。

「すまなかった」

五味を嫌って去っていた牢番が鍵を開けて中に入り、肩を貸して外に連れ出すと、そのまま役宅の表に回り、白洲《しらす》に連れて行かれた。

待っていた組頭の伊東が、昨日とは別人のような笑みを浮かべて迎え、

「五味殿、ささ、上がってくだされ」

手を差し伸べて招く。

人違いだと分かったに違いなく、五味が睨むと、伊東は目をそらした。

「それがしにはすることがあるので、帰らせていただく」

五味が言うと、伊東が引き止めた。

「秋月殿の妹紗江殿の行方を捜すのは、我らも手を貸すから許してくれ。ささ、座敷に上がってくれ、あちらで、お待ちの方がおられる」

言われて、歩みを進めて部屋を覗いた五味は、途端に、目頭《めがしら》が熱くなった。

白地の狩衣を着た信平が座っていたからだ。

「信平殿」

助けてくれたのが信平だと分かった途端《とたん》に気が抜けた五味は、足の力が抜けてへたり込んだ。

五味が先手組に捕らえられたことを信平が知ったのは、伊東が北町奉行所に問い合わせたからだ。

驚いた上役の出田はただちに町奉行の村越長門守《むらこしながとのかみ》に報告したのだが、温厚な村越は、そのようなことはあるものか、と、言ったものの、先手組に怒鳴り込むようなことはせず、思案を練った。

相手は番方《ばんかた》の先手組だ。無実の確たる証《あかし》がなければ、五味を解き放たない。武をもって悪党を成敗《せいばい》する先手組と、文をもって悪党を裁く町奉行所は元々互いに協力的ではない。

村越が身元を明らかにしても、秋月家から血で汚れた槍を持って出てきた五味のことを、伊東が解き放つとは思えなかった。

そこで村越が思い付いたのが、信平を頼ることだったのだ。

屋敷に入り浸り、京まで追いかけた五味と信平の仲だ。信平なら必ず助け出してくれると信じて、村越は遣いを走らせた。

知らせを受けた信平は、急ぎ伊東の役宅を訪れ、五味を助け出したのだ。

庭にへたり込んでいた五味は、信平に礼を言い、助けを求めた。

「匿っていた秋月殿の妹が、何者かに攫われてしまいました。信平殿に早く相談していれば、このようなことにはならなかったのに……」

将軍家縁者の信平に遠慮のないしゃべり方をする五味に、伊東が目を丸くした。

信平は立ち上がり、廊下に出て五味の前にあぐらをかいて座ると、痛々しい顔を見ながら言う。

「そなたが伊東殿に言ったことは、麿も聞いた。すでに善衛門と佐吉たちが調べておるゆえ、磨の屋敷で休んでおれ」

五味は首を横に振り、立ち上がった。

「おれも調べます」

そう言って役宅を出ようとした五味を、信平が止めた。

「無理をするな。伊東殿も、紗江殿を捜してくださっている」

五味が伊東を見ると、伊東は真顔でうなずく。

「秋月殿が言い残された小石川界隈《かいわい》を中心に捜してござる」

「まずは傷の手当てだ。そのあいだに、善衛門たちも戻ってこよう」

信平はそう言い、五味を連れて伊東の役宅を出ると、待たせていた駕籠に乗せて赤坂へ帰った。

五

「痛《い》て、痛てて」

お初に顔の傷の手当てをしてもらっている五味が、涙を浮かべて洟《はな》をすする。

「男でしょ。我慢しなさい」

「そうじゃぁないのですよ、お初殿。女一人守れない自分が、情けなくって」

一瞬手を止めたお初は五味の顔を見たが、何も言わずに、傷の手当てを続けた。

「あの時、どうしてもっと用心しなかったのかと思うと、紗江殿に申しわけなくって」

お初は、五味の泣きごとを顔色ひとつ変えず聞きながら、傷に効く軟膏《なんこう》を塗り、頭にさらしを巻いた。

「これでよし」

そう言うと薬やさらしを片づける。

手を動かしながらお初が何か言ったのだが、五味にははっきり聞こえなかったようだ。

「今、なんと言いました？」

訊き返す五味に不服そうな顔をしたお初は、何も言わずに立ち去ってしまった。

五味は、同じ部屋で座している信平に這い寄る。

「信平殿、お初殿の声が聞こえました？」

「はて、麿にも聞こえなかったが」

この時お初は、無事で良かった、と言ったのだが、忍びの者にしか聞こえぬ声音《こわね》で言ったので、はっきり聞き取れるはずはない。

不思議そうな顔をしていた五味は、お初の言葉のことはすぐに忘れ、紗江の身を案じて廊下に出て、善衛門たちの帰りを待った。

先に佐吉と鈴蔵が戻り、五味の家を襲った曲者の足取りが分かってきたという。

八丁堀を出た曲者どもは、五味が睨んでいたとおり、舟を使って逃げていた。

酒に酔った船頭が、舟の中で筵《むしろ》にくるまって眠っていた時、堀川《ほりかわ》を進む怪しい舟を見ていたのだ。

そこまで報告した鈴蔵に代わって、佐吉が言う。

「行き先までは分かりませんが、目つきの悪い侍たちが、筵で覆った荷物を運んでいたそうです」

五味が佐吉に身を乗り出す。

「荷物は紗江殿に間違いない。舟なら、神田川をさかのぼれば水道橋《すいどうばし》あたりまで行ける。そこから陸路で、小石川に連れて行かれたのではないだろうか」

佐吉がうなずく。

「あり得るな」

「問題は、どこに連れて行かれたかだ」

信平の言葉を受け、五味が立ち上がった。

「こうなったら、小石川中を捜して歩くしかない」

焦って行こうとする五味を、信平が止めた。

「ここは慌てず、善衛門の帰りを待とう。秋月家のことが分かれば、手がかりがあるやもしれぬ」

信平が睨んだとおり、程なく戻った善衛門が有力な手がかりをもたらした。

善衛門が言うには、秋月末武は大変な博打《ばくち》好きで、旗本寄合《よりあい》のあいだでは、秋月に無心されても金を貸すなという話が広まっていたという。

秋月が多額の借金を作り、もはや二千石の禄高ではどうにもできなくなっていたらしい。

多額の金を借りた相手は博徒の親分ではなく、屋敷に出入りの商人でもないと、善衛門は言い、顔をしかめた。

その様子を見て、信平が訊く。

「厄介な者か」

「はい。小石川にある長仙寺《ちょうせんじ》の住職、親兼《しんけん》和尚です」

「坊主《ぼうず》か」

五味が顔をしかめ、痛む傷を押さえて言う。

「寺社奉行の許しを得なければ、町方は手が出せない」

「さよう」

善衛門が厳しい面持ちでうなずき、信平に向く。

「親兼和尚は、元は旗本という噂《うわさ》でござるが、評判がよろしくないのです。寺の離れ屋で賭博場を開き、旗本や大商人のみを招いて大儲《おおもう》けをしているという噂もござる」

「寺社奉行は、調べに入らぬのか」

「何度か調べに入ったそうですが、そのようなことはなかったと、お上《かみ》にご報告したそうです。これはそれがしの想像ですが、和尚から賂《まいない》を受け取っているのでしょう」

信平も同感だった。

「秋月殿は借金を返せなくなったせいで妹を取られそうになり、五味のところへ逃がしたのであろうか」

「おそらく、そうでござろう」

善衛門が情けなさそうな声を出して続ける。

「市中では珍しくもない話でしょうが、天下の直参旗本が借金の形《かた》に姫を取られ、あげくの果てに殺されたとなると、将軍家のいい恥さらしですぞ」

「ことが明るみに出れば、な」

信平はそう言って、廊下に顔を向けた。

「鈴蔵」

「はは」

「長仙寺で何が起きているのか探ってまいれ。紗江殿の居場所が分かり次第、麿に知らせよ」

「承知！」

鈴蔵は庭に飛び下りて走り去った。

「おれも行く」

あとを追おうとした五味を、信平は引き止めた。

「そなたの顔は相手に知られている」

「殿のおっしゃるとおりじゃ。さらしを巻いた顔では、かえって目立つであろう」

善衛門が言うと、五味はさらしを取ろうとしたが、鈴蔵の足を引っ張ると思ったのか、苛立ちの声をあげて座りなおした。

六

昼間のうちに小石川まで来ていた鈴蔵は、長仙寺近くの水茶屋で休むふりをして、通りを行き交う者たちに目を配っていた。

長仙寺は古い寺だ。

昼間のうちは墓参りをする者や本堂に詣でる者たちの出入りも多く、善衛門が言う、裏の顔があるようには見えない。

鈴蔵は水茶屋を出て一旦寺から離れ、夜になるとふたたび戻ってきた。

店じまいをした水茶屋の葭簀《よしずば》張りの内側に潜み、寺の様子を見ていると、次から次へと駕籠が横付けしては、侍や商人たちが山門の中に消えて行く。

山門を潜る時にあたりをうかがう侍は、人目をはばかっているようで、いかにも怪しい。

何かあると睨んで唇を舐《な》めた鈴蔵は、暗い道に出て走ると、寺の裏の土塀を軽々と越えて忍び込んだ。

音もなく飛び下りた場所は、墓地だった。

手を合わせて、

「お邪魔しますよ」

と言った鈴蔵は、明かりが漏れている建物を目指して境内《けいだい》を移動した。

苔むした庭石の裏に隠れて様子をうかがうと、見張りが何人かいることが分かった。

身なりが良いその者たちは二本差しで、一見すると、どこぞの家の家臣に見えるが、親兼が雇った用心棒であると思われる。

「油断しきってやがる」

ほくそ笑んだ鈴蔵は、用心棒のすぐ後ろを音もなく歩み、怪しい建物の床下に入り込んだ。

床板一枚隔《へだ》てた上では、賭博の真っ最中らしく、にぎやかな声がしている。

この建物に紗江はいない。

そう見た鈴蔵は床下から出ると、本堂へ向かった。

本堂は打って変わって静けさに包まれ、誰かいる気配はなかった。

寺の境内は思ったより広く、松やもみじの木々の中に建物が点在している。

その一つひとつを調べるしかないと思った鈴蔵が本堂の濡れ縁から下りようとした

時、背後で笑い声がしたので柱に身を隠した。

ちょうちんを小僧に持たせた商人が、案内をする寺小姓と談笑しながら境内を歩んで行く。

鈴蔵が跡をつけると、本堂に次いで大きな建物に入っていった。

立派な建物は、宿坊《しゅくぼう》らしい。

参詣者が泊まるのは珍しいことではないのだが、鈴蔵は、商人が談笑の中で発していた言葉が気になり、宿坊の屋根に上がり、天井裏へ忍び込んだ。

太い梁《はり》を頼りに進みながら、下の様子をうかがう。

鈴蔵は、三つ目四つ目と座敷の上を進むうちに、うんざりした気持ちになった。

天井板の下では、男女の妖しい声がしているからだ。

「ここは、まるで遊郭《ゆうかく》だ」

寺の中で賭博と売春が行われている事実を知った鈴蔵は、五味が哀れになってきた。

攫われた紗江は、借金をした愚かな兄のせいで、ここで働かされるに違いないと考え、五味が知れば、衝撃を受けると思ったのだ。

天井裏から出た鈴蔵は、急ぎ信平の屋敷に帰ろうとしたのだが、宿坊へ渡る僧が視界に入ったので、庭木の木陰に潜んでやり過ごそうとした。

僧には、数人の用心棒が付いている。

「あの者が親兼に違いない」

そう思った鈴蔵は、調べるために行き先を見極めた。すると、開けられた障子の奥に、人の姿が見えた。先ほど、本堂の前を歩いていた商人だ。

鈴蔵は、あの者たちが何を話すのか確かめるべく床下に忍び込んだ。

「親兼和尚。わたしを呼び出すということは、また、いい子が入ったのかい」

だみ声の男が言うと、親兼が答える。

「さよう。かねてより申していた、旗本の娘じゃ」

「おお、あの、秋月様の妹ですか」

「うむ」

「それは、是非《ぜひ》とも味見したいものですな」

「望みとあらば好きにしてよいが、秋月の妹は生娘《きむすめ》ゆえ、五百両いただく」

「それはまた、結構な値でございますな」

「無理にとは言わぬ。客は他にもおるのでな」

「払います、払いますとも。そのかわり、少々お待ちください。今宵《こよい》は負けておりますので、店の者に金を取りに帰らせます」

「貸してやってもよいぞ」

「いえいえ、そればかりは。秋月様や他の方たちのように、おなごを差し出せと言われてはかないませんから」

「ふ、ふふふ。蔵に金がうなるほどあるくせに、よう言うわい」

「めっそうもないことで。いかがでしょう、待っていただくかわりに、六百両お支払いしますが」

「よかろう。指一本触れずに待っておるぞ」

「では、のちほど」

商人が座敷を出て足音が遠ざかると、親兼の手下らしき者の声がした。

「親兼様、先手組の者がこのあたりを探っているようです。そろそろ、借金の形に旗本のおなごを差し出させるのは潮時《しおどき》かと」

「それでは、金にならぬではないか。武家の女だからこそ、商人どもが大金を出すのだぞ」

「しかし親兼様、当初の目的は、そうではなかったはず」

「さよう。わしは金目当てで旗本の者どもを苦しめておるのではない。その気持ちは、今も変わっておらぬ。我が妻子の命を奪い、戌井家《いぬいけ》を改易《かいえき》に追いやった旗本どもに地獄の苦しみを味わわせてやるまでは、誰にも邪魔をさせぬ」

「先手組が来たら、いかがなされます」

「寺に入ったら最後、我が槍の餌食《えじき》にしてくれる」

親兼はそう言うと、出ていった。

あとを追う手下たちが去ると、鈴蔵は床下から這い出て、信平の屋敷へ帰った。

七

「戌井家、確かにそう申したのか」

鈴蔵の知らせに驚いたのは、善衛門だ。

「戌井家を知っているのか」

信平が訊くと、善衛門が信平に膝を転じ、戌井家のことを話した。

「親兼が戌井美作守正盛《みまさかのかみまさもり》であるなら、鬼と化しておるやもしれませぬ」

「何があった」

「二十年前、戌井正盛は、二十八という若さで千石から三千五百石に加増され、御公儀の要職に抜擢《ばってき》されることが決まっておりましたが、その出世が、奴の我欲を目ざめさせました。加増間もなく、戌井は今のように屋敷で賭場を開き、稼いだ金を旗本に貸しては暴利をむさぼり、己の出世の邪魔になる者は金の力でねじ伏せるようになったのです」

「誰も、止める者はいなかったのか」

「当時の幕閣に多額の賂を贈っておりましたので、黙認されていたのです。そのため、上様のお耳に届くことはございませんでした。そのような悪人が御公儀の要職に就けば諸大名が警戒し、天下泰平を揺るがす大事件が起きるに違いないと憂えた一部の旗本衆が、戌井に天誅《てんちゅう》を下そうとしたのでござる」

「仕損じたのか」

「はい。出世祝いだと称して戌井を呼び出して酒を飲ませ、酔って夜道を帰っていたところを襲ったのでござるが、戌井は武芸に優れており、襲った者たちはことごとく返り討ちにされました。それだけならまだ良かったのですが、まずかったのはそのあとです」

善衛門はひとつため息をつき、信平に顔を向けた。

「戌井を恨む者が、屋敷に火を放ったのです。火事は隣接する旗本屋敷には及びませなんだが、戌井は妻子を喪《うしな》いました。当然、御公儀は調べを進めたのですが、戌井を潰す良い折と捉える者の思惑により、旗本衆にはお咎めなく、戌井のみが改易となったのでござる」

以来戌井は、江戸から姿を消していた。

信平は腕組みをして考え、善衛門に言う。

「時を経て戌井は舞い戻り、妻子を殺された恨みを晴らしているということか」

「おそらくそうでしょうが、解《げ》せませぬ。秋月家は二十年前の騒動に関わっておらぬはず」

「では、旗本への恨みは口実で、鈴蔵が申したように、武家の女を売り物にして金儲けをしているだけかもしれぬ」

信平は、膝の上に置いていた両手に拳を作り、力を込めた。

善衛門が言う。

「あの戌井が長仙寺の僧になっておるのは意外です。どうやってなったのでしょうな」

この疑問には鈴蔵が答えた。

「門前の者に訊いた話では、修行のために諸国を旅したらしく、長仙寺には十年前からいたそうです。三年前に前の住職が亡くなったのを機に、長仙寺をまかされたようです」

善衛門が応じる。

「名を伏せておるのだろう。殿、戌井は旗本衆に仕返しをするために、寺を隠《かく》れ蓑《みの》にして機をうかがっていたに違いありませぬ。あ奴は、蛇のようにしつこく、恐ろしい男にござる」

「愚かな。いかなる理由があろうと、罪なき者を苦しめる非道を許すわけにはいかぬ」

信平はそう言うと、静かに立ち上がった。

境内の庵《いおり》に閉じ込められている紗江は、暗闇の中でうずくまり、絶望していた。

先ほど、親兼から兄の死を知らされ、恨むなら借金をした兄を恨めと言われたからだ。

兄が残した多額の借金を返すため死ぬまで働いてもらうとも言われて生きる希望を失い、自ら命を断とうとしたのだが、猿ぐつわを嚙《か》まされて舌も嚙み切れず、手足を縛られていた身ではどうすることもできなかった。

外で音がして、障子が荒々しく開けられた。

紗江が恐怖に満ちた顔を向けると、にやけた男たちが歩み寄り、縛られた身体を二人がかりで持ち上げて宿坊へ連れて行った。

支度部屋で待ち構えていた老婆が、鉄漿《おはぐろ》を見せて笑いながら寄ってくる。

「綺麗《きれい》な顔が台無しだ」

そう言うと、紗江の髪を整え、猿ぐつわをしたままの顔に白粉《おしろい》を塗った。

恐怖で抗うことができない紗江は、目をつむり、身体を堅くしている。

「ほら、できたよ。存分に、可愛がってもらってきな」

生娘をいたぶるように笑う老婆の背後に、するりと降り立つ影がある。

紗江が目を見張ると同時に老婆も気付き、

「誰だい」

そう言って振り向こうとした刹那、首を手刀で打たれて気絶した。

倒れた老婆を蔑《さげす》んだ目で見くだすのは、黒装束に身を包んだお初だ。

紗江に目を向けたお初が、静かに、と、手振りで制すると、手足の縄を切った。

「おい婆《ばあ》さん、まだか」

外にいた者が障子を開け、

「や、野郎、誰だ！」

慌てて脇差を抜こうとしたが、柄《つか》に手を掛ける前にお初の拳を腹に入れられ、もう一人は回し蹴りを顔に食らって庭まで飛ばされ、その場で気絶した。

「さ、逃げるわよ」

お初が紗江の手を引いて庭に下りた時、寺の小姓が気付いて大声をあげた。

「誰か、誰か！」

すぐさま障子が開き、用心棒たちが駆け下りてくる。

手下どもを束ねる男が、用心棒たちを割って前に出てきた。

「公儀の忍びか。おもしろい、生け捕りにして高く売ってやる」

抜刀する相手に対し、お初は紗江をかばって下がる。

用心棒の頭目はお初が怯《おび》えていると思ったのか、刀を下げ、手下どもに生け捕りを命じた。

ふっ、と、笑みを浮かべたお初が紗江を守って土塀まで下がると、木陰から佐吉が現れた。

「お初殿、ここはおまかせを」

お初はうなずき、紗江を守りながらさらに下がる。

前に出た佐吉が、大太刀を抜く。

手下どもは、薙刀《なぎなた》のような太さの太刀を構える佐吉に圧倒されて、後ずさりをはじめている。

「下がる者はわしが斬る！」

怒鳴った用心棒の頭目が、手下の背中を押す。

悲鳴のような声をあげた手下が佐吉に斬りかかったのを機に、皆が前に出た。

「おう！」

佐吉が気合をかけて大太刀を横に振るうと、斬りかかった者の刀が弾け飛び、くるくると舞って地面に落ちた。

くの字に曲がった刀を見て、手下どもが息を吞む。

「平常無敵流《へいじょうむてきりゅう》の餌食になりたければ、かかって来い！」

佐吉が大音声《だいおんじょう》で言うや、用心棒の頭目が怖気付《おじけづ》き、

「ま、待て。わしらは金で雇われただけだ」

言いわけをしながら下がった。

それを見た手下どもが、戦意を喪った。

「鬼だ」

「化け物だ」

などと叫び、逃げていく。

「追いますか」

鈴蔵が言うので、佐吉は止めた。

「ほっとけ、それより殿のもとへ急ぐぞ」


その頃、信平は五味と善衛門と共に宿坊の表の庭にいた。

目の前には、親兼と、五味が秋月の屋敷で見た、目つきの鋭い侍がいる。

「そのほうが親兼か」

信平が問うと、袈裟《けさ》を着けた親兼が自信に満ちた顔で答える。

「いかにも、拙僧が親兼だ。して、貴殿は」

「鷹司、松平信平じゃ」

親兼が目を細める。

「ほう、噂で聞いたことがある名だ。確か、五摂家の者でありながら、徳川の軍門にくだった愚か者だったな」

「無礼者！」

顔を真っ赤にして怒鳴る善衛門に、親兼がほくそ笑む。

「拙僧に身分など通用せぬ。まあ、お前たちも身分で拙僧を押さえ込む気はないのだろうが。のう、公家《くげ》の若造」

親兼が信平に言うと、目つきの鋭い侍が前に出た。

その背後から、親兼が言う。

「公家がどこまでやれるか、見届けさせてもらおう」

信平と対峙《たいじ》した侍が、抜刀した。

五味が持っていた槍を構えて出ようとしたが、信平は止める。

「二人とも、下がれ」

信平が告げて前に出る。

対峙する侍が、松明《たいまつ》の明かりにぎらりと大刀の刃を光らせながら、正眼《せいがん》から下段へ転じ、ゆるりと右足を出す。

信平は、左足を引いて身を低くする。

その刹那、侍が猛然と前に出て、斬り上げてきた。

凄《すさ》まじい太刀筋に、信平は危うく斬られそうになった。

辛《かろ》うじてかわすと、侍が刀の切っ先を即座にひるがえし、唸《うな》るように斬り下げる。

狐丸を抜いて侍の刀を弾き上げた信平は、一瞬の隙を突き、胴を払った。

侍が飛びすさってかわし、脇構えで信平を睨む。そして切っ先を横に倒し、一拍の間を置いてふたたび前に出た。

「てやあ！」

侍の大刀の切っ先が、真横から襲いくる。

身体を転じた信平の狩衣が舞う。

侍の後ろに抜けた信平は、右手ににぎっている狐丸の切っ先を親兼に向け、鋭くも冷静な目をしている。

信平の背後で呻き声をあげた侍が、膝から崩れるように伏し倒れた。

秘剣、鳳凰《ほうおう》の舞《まい》の一撃を背に受けた侍は、立ったまま絶命したのだ。

「ほう、やりおる」

親兼が顔色ひとつ変えずに言い、右手を横に出す。

すると、寺小姓が駆け寄り、槍を手渡した。

「我が槍の相手に不足無し」

親兼が言い、槍を頭上で回して信平に穂先を向けた。空を切る音と共に槍がしなる。

信平が狐丸をにぎる右手を前に出し、左手を後ろに広げて、身体を横向きにする。

親兼は槍の穂先を下に向け、信平の足を狙って突いてきた。

狐丸で払う信平。

すると親兼は、払われた力を利用して槍を回転させ、柄で信平の腕を打った。しなる槍の柄で打たれた右腕が痺《しび》れ、信平が顔をしかめる。

凄まじい槍の遣い手だ。

信平に打撃を与えた親兼が槍を脇に挟み、余裕の笑みを浮かべる。

「奇妙な剣術だと思ったが、ふん、その程度か」

親兼に馬鹿にされても信平は冷静さを失わず、狐丸をにぎりなおした。

一旦間合いを取り、ふたたび親兼と対峙しようとした時、五味が前を塞いだ。

「信平殿、ここはおれにまかせてくれ」

先祖伝来の槍を持った五味が、勇ましい声を上げて槍を振り回し、親兼に穂先を向ける。

「ふん、こしゃくな」

親兼が槍を構え、穂先と穂先を交差させる。

「まいる！」

親兼が言うや、鋭く突いた。

五味がすかさず柄を滑らせて穂先をかわす。

「ええい！」

「おう！」

引いては突き、突かれては突き返す槍の攻防が続いた。

棒を持てば人が変わる五味の奮戦凄まじく、親兼が次第に押されはじめた。だが、
親兼の反撃の槍が、五味の肩を突く。

「うっ！」

穂先を僅《わず》かにかわしそこねた五味が、肩を浅く斬られて顔をしかめた。

勝利を確信した親兼が、さらなる一撃を与えんと槍を回転させる。

「死ね！」

槍をうならせ、五味の胸を狙って突いた。

五味は怯《ひる》まず、渾身《こんしん》の力で突く。

交差した槍の穂先が、互いの身体に迫る。

五味は親兼の穂先を腕で受け止めた。

親兼は、恐ろしい顔で五味を睨んでいる。

五味は、槍の柄を指だけでにぎっていた。その分だけ穂先が伸びた形となり、親兼の胸に深々と突き刺さっていたのだ。

「貴様に苦しめられた人たちの無念を、思い知れ」

五味の言葉に、親兼は何か言おうとしたが口から血を吐き、呻き声をあげて倒れた。

八

親兼に陥れられ、長仙寺で働かされていた旗本の妻子たちは、十数名に及んでいた。

信平は、薄暗い部屋で客を取らされていたすべての者たちを助け出したのだが、中には、こころを病んでしまった娘もいて、惨《むご》たらしい状態だった。

寸前で助けられた紗江は、その後どうなったか。

後日五味が知らせに来た。

「怪我はもうよいのか」

信平が訊くと、五味は大丈夫だと答え、

「今朝、紗江殿が来ました」

そう言ったきり、浮かぬ顔をして黙り込んだ。

信平は、兄を喪い、家を失った紗江に、何かよからぬことがあったのかと思った。

「いかがした」

訊くと、五味がちらりと見て、ぼそぼそと言う。

「紗江殿は、あれから程なくして親戚の家に引き取られたそうなのですが……」

そこまで言い、ため息をつく。

「また、匿ってくれと言われたのか」

信平が訊くと、五味が首を横に振る。

「来月から、大奥に上がるそうです」

信平が黙ってうなずく横で、善衛門が探るような顔を五味に向けて身を乗り出す。

「なんだか、残念そうじゃの。まあ、無理もない。短いあいだでも、若い男女がひとつ屋根の下で暮らしたのだからのう」

「い、いや、そのようなことは……」

ない、と言わずにうな垂れる五味の姿は、紗江が手の届かぬ場所に行ってしまうのを悲しんでいるようにしか見えない。

善衛門がさらに問いただそうとしたのだが、お初がお茶と菓子を持って来たのでやめた。

信平の前に茶と菓子を置いたお初が、五味の前に来た。

目線を落としていた五味は、湯呑みと菓子をそっと置くお初の手を見ていたのだが、礼を言うために顔を上げてぎょっとした。

お初が、不機嫌そうな顔で睨んでいたからだ。

五味はひとつ空咳をして、善衛門に顔を向ける。

「御隠居、おれは別に、紗江殿が大奥に上がるのを残念などとは思っていませんよ。これはめでたいことなのですから。ねえ、お初殿」

そう言って、五味はお初に目を向けたのだが、氷のように冷たい目をされて、顔を引きつらせた。

「あは、あはは」

笑って誤魔化す五味に対し、つんとした顔を背けたお初は、

「邪魔」

と言って手で押してどかせ、台所に戻った。

目で追っていた善衛門が、信平に小声で言う。

「あれは、焼いておるのでしょうか？」

気にしていなかった信平は、一口食べた菓子を改めて見る。

「これは、美味じゃな」

第三話　狙われた友

一

信平は、月見台で松姫と茶を楽しんでいた。

白地に花の刺繡が雅な打掛を羽織り、緋毛氈《ひもうせん》の上に置いた敷物《しきもの》に座る松姫は、楊枝で切った菓子を口に運んで微笑んだ。

鶯色《うぐいすいろ》の小袖の腹はずいぶんと大きくなり、時折さすっては、信平に穏やかな笑みを見せた。

「また、動いたのか」

信平が訊くと、松姫がうなずく。

「今日は、よく動きます」

信平は茶碗を置いて松姫のそばに寄り、そっと手を当てた。

松姫の腹が、ぽこりと動いたかと思えば、ぐにゅり、と、下へ動く。

「まことじゃ。この陽気に誘われて、早う走り回りたいのであろう」

松姫がくすくす笑った。

「お気の早いことです」

「早う、我が子と会いたい」

信平はそう言って、松姫の打掛を整えた。

「寒くはないか」

「はい。心地ようございます」

そこへ、廊下に控えていた竹島糸が歩んで来て声をかける。

「奥方様、そろそろお休みになりませぬと、お身体に障ります」

松姫は食欲もあり元気なのだが、渋川昆陽から無理は禁物だと釘《くぎ》を刺されているため、糸は案じているのだ。

「ゆるりと休め」

信平が言うと、

「はい」

松姫も心得ているので、自室へ戻っていった。

信平は、残っていた茶を飲み干し、空を見上げる。

のどかな鳥の声を目で追っていると、善衛門が月見台に渡って来た。

「殿、よろしいですかな」

「うむ」

「増築の絵図面が出来上がりましたので、ご覧ください」

信平の前に広げられた絵図面を見れば、今座っている月見台を残したまま、表御殿と奥御殿を増築し、およそ三倍の広さになる。

善衛門が扇子《せんす》の柄《え》を当てて、ここが大広間だの、奥方様の部屋だの、生まれてくる子の部屋だのと説明した。

客間は書院造りで、大広間は五十畳もあると告げた善衛門が、顔を上げて言う。

「江戸城の本丸御殿を真似たわけではございませぬが、今表として使っている部分を中奥《なかおく》とし、増築する屋敷を表御殿と奥御殿といたします」

六千二百十八坪の敷地に対し、建物は小さく見えるが、千四百石の禄高には過分な建坪になる。

信平は、将軍家綱の配慮に感謝した。

「これで頼む」

「はは。では、手配をいたします」

「うむ」

「忙しくなりますぞ」

善衛門は張り切り、絵図面を丸めた。

続いて中井春房が来て、片膝をついて言う。

「葉山殿、客人でございますぞ」

「わしに客とは珍しい。誰じゃ？」

「梅村敬之介《うめむらけいのすけ》と名乗る若者でござる」

善衛門は即座に応じる。

「おお、その者は剣術道場の後輩の子じゃ。いったいなんの用かの」

「分かりませぬが、思いつめた顔をしてござる。知り合いだと申しますので、善衛門殿の部屋にお通ししております」

「あい分かった。手間を取らせたな」

善衛門はすっかり用人気取りで中井に言い、自分の部屋へ戻った。

屋敷の裏手にある善衛門の部屋は八畳ほどであるが、春から秋にかけて裏庭に咲く草花が美しく、自ら草を抜いて手入れをするほど気に入っている。

その部屋に戻ると、まだ前髪の残る若侍が頭を下げた。

白地の着物に白鼠色《しろねずいろ》の袴姿が清々《すがすが》しい若侍は、記憶が正しければ十六歳になったはず。

父親の梅村晴宗《はるむね》は二千三百石の旗本。善衛門が通った剣術道場の弟弟子で、妙に気が合い、友と呼べる仲なのである。

「敬之介、ようまいった。ようまいったの」

善衛門は、頭を下げる敬之介の肩を軽くたたき、膝を合わせるように、目の前に座った。

「かしこまるな。手を上げて顔を見せてくれ」

「はい」

敬之介は応じて顔を上げ、ちらりと目を合わせたかと思うと、また頭を下げた。

「葉山様、わたしをしばらくこちらへ置いてください」

平身低頭し、切羽詰まった様子に善衛門は驚いた。

「なんじゃ、いきなり」

「お願いします！」

頭を畳に擦《こす》り付ける敬之介を見下ろした善衛門は、険しい顔で腕組みをして、呻くような声と共に息を吐いた。

「置いてやるのは造作《ぞうさ》もないことじゃが、決めるのは理由を聞いてからじゃ」

「家を継ぎとうないのでございます」

梅村家の事情を知る善衛門は、腕組みをして険しい顔をする。

「そんなことだろうと思うた。恐ろしいのか」

「はい」

「あのようなことがあったばかりじゃ。お前の気持ちはよう分かる。じゃが、お父上の身体では、もはやお役目が務まらぬ。お前が継がなければ、梅村家はどうなると思う。家来たちを路頭に迷わせる気か」

「分かっています。分かっていますが、怖くて仕方がないのです」

「情けないことを申すな。死んだ兄が浮かばれぬぞ」

兄のことを思い出したのか、敬之介は大声をあげて泣いた。

「こ、これ、よさぬか。静かにせい！」

松姫に声が聞こえると慌てた善衛門が、敬之介の腕をつかんで立たせ、母屋に連れて行った。

居間に行くと信平と佐吉がいたので、

「ごめん」

善衛門は断り、敬之介を座らせた。

「鷹司松平信平様じゃ。ごあいさついたせ」

善衛門に従った敬之介は、慌てて涙を拭い、信平に両手をついて頭を下げた。

「何か、厄介ごとか」

敬之介の泣き声を聞いていた信平が問うと、善衛門が詫び、理由を話した。

「ほう、家督《かとく》を継ぎとうないのか」

信平が顔を見ると、敬之介は下を向いて黙り込んだ。

善衛門が代弁する。

「敬之介は、梅村家の次男でござったが、兄晴時《はるとき》が先日何者かに襲われて腕を切断されましてな。可哀《かわい》そうに、それが元で命を落としたのでござる」

「斬った相手は、分かっていないのか」

信平の問いに、善衛門はうなずく。

「辻《つじ》斬りではなさそうなのですが、晴時殿はまれに見る好青年でしたから、人から恨まれる者ではござりませんでした」

信平は敬之介に顔を向けた。

「敬之介」

「はい」

「兄が斬られた理由に心当たりはないのか」

「ございません」

「恨まれていないとなると、酔ったうえでの揉めごとか、あるいは、梅村家を恨む何者かの仕業《しわざ》か」

信平の言葉を受け、善衛門が敬之介に訊く。

「女がらみの揉めごとはなかったか」

「ございません。兄は真面目でしたから、酒すらも飲みませんでした」

「父親に、心当たりはないのか」

信平が言うと、善衛門が首を横に振る。

「晴時殿の弔問《ちょうもん》に訪れた時に訊こうとしたのですが、息子を喪った衝撃で寝込んでしまい、話ができておりませぬ」

「さようか」

庭に鈴蔵が現れ、佐吉に耳打ちをする。

「何、怪しい者がおるじゃと」

佐吉が言い、信平に顔を向けた。

「この屋敷を見張っている様子か」

訊く信平に、鈴蔵が真顔で顎を引く。

佐吉が見て来ると言って立ち上がり、鈴蔵と門へ向かった。

外に出た佐吉が周囲の様子を探ったが、怪しい人影はない。

「あそこにいたのですが」

鈴蔵が指し示す辻灯籠の陰にも、人の気配はなかった。

「立ち去ったか。また現れるかもしれぬ。気を抜かず門を守れ」

「承知」

佐吉は鈴蔵を門に残し、信平のところへ戻った。

佐吉から話を聞いた信平は、敬之介に言う。

「兄を斬った者かもしれぬぞ」

「そ、そんな」

怯える敬之介にもう一度考えるよう言ったが、首をかしげるばかりで、まったく見当もつかぬ様子。

信平が善衛門に言う。

「やはり、父親に訊くしかあるまい」

善衛門が応じて立ち上がる。

「それがしが訊いてみます。敬之介、晴宗殿に会うついでに送ってやる。今日のところは帰れ」

敬之介は不安そうな顔を上げた。

「し、しかし、怪しい者がいると知ってしまっては、足が動きませぬ」

善衛門は口をむにむにとやる。

「梅村家を継ごうという者が、情けないことを申すな」

「ですから、継ぎとうないのです」

敬之介は背を向けて、頭を抱えて丸まってしまった。

梃子《てこ》でも動かぬ様子に、善衛門がまた口をむにむにとやる。

「兄の無念を晴らそうとは思わぬのか」

「わたしのような臆病者には、仇討ちなどできませぬ」

「つべこべ申すな。立て！　気落ちしておる父に心配させてはならぬぞ！」

晴時を喪った衝撃で心の臓を患《わずら》い、寝込んでしまっている晴宗のことが気になる善衛門は、敬之介の甘え根性をたたきなおすべく、厳しく接した。

ここにいても居心地が悪いと思ったのか、敬之介は立ち上がり、信平が目に入らぬ様子で呆然と肩を落とし、とぼとぼと帰っていった。

目で追った信平が言う。

「佐吉、鈴蔵と二人を守れ」

「おまかせください」

佐吉は頭を下げ、信平の前から去った。

二

佐吉は、門から出ようとしていた善衛門たちに追い付いた。鈴蔵に声をかけ、善衛門に言う。

「御老体、わしらがお供しますぞ」

すると善衛門が、渋い顔をする。

「それでは殿が心配じゃ。曲者が敬之介を追って来た者とは限らぬのだぞ」

「殿の命《めい》でござる。それに、お初殿と中井殿がおられますから、心配ござるまい」

「まあ、それはそうじゃが」

善衛門は自分のことより信平が心配なのだが、拒んだところで、佐吉たちは信平の命に従う。

「まあ、よかろう」

そう言うと、敬之介を促して潜り門から外へ出た。

梅村家がある牛込《うしごめ》御門内へ向かいはじめて程なく、善衛門は、尾行が付いたことに気付いた。

佐吉も鈴蔵も気付いたらしく、善衛門が見ると、心得ているという目顔を交わす。

「さて、どこを通るかの」

ため息まじりに告げた善衛門は、襲ってくるとすればどこだろうかと、思案をめぐらせる。

こういう場合は、人通りが多い場所は危ない。雑踏に紛れて近寄られ、人混みの中からいきなり刺される恐れがある。

となれば、人気のない、武家屋敷が並ぶ道だ。

そう思っていると、背後の気配が消えた。

善衛門は立ち止まり、佐吉に言う。

「気のせいだったか」

「いや、確かにおりました」

佐吉が振り向いて様子をうかがう。

「なんとも、気味の悪いことじゃ」

善衛門はそう言って、先を急ごうと告げて歩みを進める。

外堀沿いを回ろうか、赤坂御門から入って内堀沿いを回ろうか考え、近いほうの内堀沿いを選んだ。

赤坂御門を潜り、松姫の実家である紀州徳川家の長大な土塀の下を歩んで麴町《こうじまち》の大通りへ出ると、人混みを避けるために横切り、裏道へ回った。

明暦《めいれき》の大火を教訓に、麴町と、その北側にある武家屋敷とのあいだには広大な火除《ひよ》けの明地《あきち》が設けられている。

「このあたりは、すっかり様変わりしましたな」

佐吉が、信平の屋敷が四谷《よつや》から赤坂に移って以来久々に来たと言い、明地を見渡している。

半蔵堀《はんぞうぼり》まで出ることもないと思った善衛門は、五番町から三番町まで真っ直ぐ伸びる道を通ることに決めて、明地の角を左に曲がった。

このあたりは、明地を利用した弓馬や鉄砲の稽古場になっている。

遠目に、馬を走らせる旗本衆の姿が見え、すぐ近くでは、弓術の鍛錬《たんれん》をする旗本が静かに弓を放つ。

的《まと》のど真ん中に矢が刺さるのを見て、敬之介がため息をついた。

「わたしには、あのような真似は生涯できる気がしません」

「情けないことを申すな」

善衛門が敬之介の背中をどんとたたく。

「よいか敬之介。何ごとも、初めからうまくできる者など誰もおらぬ。日頃の鍛錬を怠《おこた》らなければ、それなりに身に付くものじゃ」

「はあ」

気のない返事をする敬之介は、弓の名手と名が知れていた兄晴時とくらべられるのを嫌っていた。

その気持ちが表情に出ているだけに、善衛門も辛いところだ。

「敬之介、何もせぬうちからあきらめてはならぬぞ。武士たる者、日々鍛錬じゃ。それは武芸を研《みが》くだけが目的ではない。己のこころを鍛錬し、いかなる困難にも負けぬ、強い男になるためじゃ」

友人の可愛い息子だけに、善衛門の声にも力が入る。

だが、敬之介は返事もしない。

「聞いておるのか」

「はい」

押しても跳ね返らぬ弱々しい敬之介の態度に、善衛門は口をむにむにとやった。

「ええい、しっかりせい！」

善衛門が敬之介の肩を抱き寄せた時、弓の稽古をしていた侍が、矢を番《つが》え、こちらに向いた。

「あっ！」

善衛門が息を呑むのと、侍が矢を放つのが同時だった。

いち早く気付いていた佐吉が抜刀して矢を斬り飛ばし、

「おのれ、何をする！」

叫ぶなり、猛然と向かって走った。

侍は逃げていく。

それと入れ替わりに、物陰から浪人者と思しき一団が現れた。

ざっと十人はいる。

多勢に無勢だ。

足を止めた佐吉は、引き返した。

「御老体！　逃げろ！」

「何をこしゃくな！」

善衛門は、将軍家光より拝領の愛刀左門字《さもんじ》を抜刀して構えた。

「天に代わって、悪党を成敗してくれるわい！」

などと意気込み、前に出た。

「とりゃぁ！」

気合をかけて一人目の腕を浅く斬り、二人目が打ち下ろした刀を弾き上げ、喉元に切っ先をぴたりと突き付けた。

「うっ」

絶句した浪人者が、よたよたと下がる。

「貴様ら、何者じゃ！」

善衛門が訊くが、正々堂々と名乗る者などいない。

他の者が斬りかかろうとしたので、善衛門は鋭い目を向け、気迫で制した。

「じじいごときに怯むな」

誰かが言い、善衛門を取り囲む。

佐吉は鈴蔵に敬之介を守らせ、善衛門の助太刀《すけだち》に入った。

「わしが相手だ！　かかって来い！」

そう言って大太刀を振るう佐吉の一撃を受けた者が弾き飛ばされ、仲間にぶつかって倒れた。

佐吉の凄まじさに、曲者どもの勢いが完全に削《そ》がれた。

「じょ、冗談じゃない。話が違う」

一人が言い、さっときびすを返して走り去ると、他の者も刀を向けたまま下がり、一斉に逃げていく。

「鈴蔵」

「おう！」

佐吉が言うや、鈴蔵があとを追って走る。

「敬之介、無事か」

善衛門はそう言って振り向き、愕然とした。

腰を抜かした敬之介が、失禁《しっきん》していたからだ。

ぶるぶる震えている敬之介を哀れに思った善衛門は、

「さ、帰るぞ」

怒らずに立たせ、自分の羽織を脱いで腰に巻いてやった。

牛込御門内の梅村家に到着すると、善衛門は敬之介を自分の部屋に入らせ、何ごとかといぶかしむ梅村家用人の江藤《えとう》に告げる。

「見舞いに来る途中で、ばったり出会ったのだ」

江藤は笑顔で応じる。

「さようでございましたか」

「晴宗殿の様子はどうじゃ」

「良くも悪くもなりませぬ」

「どれ、顔を拝んでやろう」

当主晴宗の部屋に行くと、

「殿、葉山様がお見舞いにお越しくださいました」

江藤が告げて障子を開けた。

善衛門は遠慮なく部屋に入る。

「これは、葉山様」

兄弟子が来たことを喜んだ晴宗は、臥せていた床の上で起き上がり、用人に酒肴《しゅこう》の支度を命じた。

応じて下がろうとする江藤に、善衛門が言う。

「酒はいらぬ。ここに座って、おぬしも話を聞け」

「はは」

素直に従って下手に正座する江藤を横目に、善衛門は晴宗に向く。

「心の臓によくないので言おうか言うまいか迷ったが、このままでは敬之介の命に関わるゆえ申すぞ」

晴宗は不安そうな顔をした。

「何があったのです」

「敬之介は兄の死を恐れるあまり、家督を継ぎとうないと、わしに言うてきた」

晴宗は落胆した顔をした。

「それは、ご迷惑をおかけしました」

「わしとおぬしの仲じゃ。そのようなことはよい。じゃがの、晴宗殿、こころして聞いてくれ」

「はい」

「ここへ送って帰る途中で、敬之介の命が狙われた」

晴宗は驚き、江藤が膝を進めて訊く。

「まことでございますか」

「冗談でこのようなことを言うものか」

江藤は恐縮した。

「失礼いたしました。して、相手は何者です」

「それはわしが訊きたい」

善衛門は晴宗に顔を向けた。

「晴宗殿、晴時があのような目に遭い、次は敬之介じゃ。おぬし、誰かに恨まれておるな」

晴宗は真顔で応じる。

「御目付役に同じことを訊かれましたが、それがしにはまったく身に覚えがなく、何がなんだか分からないのでございます」

「では、人違いで命を狙われていると申すか」

「人違いにしても、誰と間違われているのか……。そもそもそれがしは、将軍家の軍旗や馬印を管理する旗奉行《はたぶぎょう》です。戦時ならともかく、泰平の世には閑職と揶揄《やゆ》される なんの力も持たぬ身。梅村家の者の命を取ったところで、なんの得がありましょうや」

善衛門は確かにそうだと思ったが、返答に困り、

「ま、まあ、そこまで自分を蔑まなくともよかろう」

などと、慰めにもならぬ言葉を口にした。

「もう一度、よう考えてみよ。思い当たる者はまことにおらぬか？」

「息子の仇《かたき》を見つけるために、寝てもさめても考えておりましたが、どうにも分かりませぬ。晴時は鞘《さや》が触れた触れぬの揉めごとで斬られたことになりましたので、まさか敬之介までが狙われるとは、考えてもおりませなんだ」

善衛門は驚いた。

「目付役はそのようにたわけた理由にして、早々に落着したのか」

「はい」

「まったく、けしからぬことじゃ」

善衛門は不機嫌極まりない様子で言い、口をむにむにとやった。そして告げる。

「敬之介を襲うた曲者を、信平様の家来が追っておる」

晴宗と江藤が目を見張り、晴宗が恐縮した。

「信平様のお手を煩《わずら》わせたのですか」

「心配するな。殿のご気性は知っておろう」

恐縮する晴宗に、善衛門は言う。

「何か分かれば知らせにまいるゆえ、敬之介を家から一歩も出すな」

「承知しました」

「しっかり養生して、早う元気になって、おぬしの手で敬之介を鍛えてやることじゃ」

「旗本になろうという者が頼りないことで、面目もござらぬ」

「敬之介はまだまだ若い。これからどうにでもなる歳じゃ。一人前になるまで、おぬしが鍛えてやらねばならぬぞ」

善衛門は、顔色が悪い友をそう言って励ますと、赤坂に帰った。

三

信平は、ほろ酔い気分で訪ねてきた五味に付き合い、酒を飲んでいた。

宿直《とのい》明けで明日の朝まで休みだという五味は、同輩の者たちと昼間から酒を飲んでいたらしく、酔った勢いで赤坂まで来たのだ。

ということで、信平の酒を少し飲んだだけでろれつが回らなくなった五味は、

「信平殿、今宵は、泊まってもいい？」

おかめ顔を赤らめ、へらへらして言う。

どこを見ているのかと思い信平が目線を合わせると、酒肴を置いて台所に戻るお初の後ろ姿がある。

「ねえ信平殿、泊まってもよいですか」

「うむ、ゆるりとして行くがよい」

「そうこなくっちゃ。さ、飲みましょう」

信平が酌《しゃく》を受けると、五味は手酌をしながら言う。

「増岡弥三郎《ますおかやさぶろう》から聞いたのですが、屋敷を大きくするそうですね」

「うむ」

「立木屋が、信平殿に相応しい立派な屋敷にすると張り切って、いい材木を集めているそうです。楽しみだなぁ」

信平は五味に酒をすすめる。

「弥三郎は、息災であったか」

「ええ、相変わらずです。たまには信平殿に会いたいと言っていましたが、勘定方の

お役目を拝命したばかりで、なかなか足を運べないそうです」

「ほう、勘定方になったか」

「ええ。商家の出で、算盤《そろばん》が得意なのが買われたのでしょうな」

「それは嬉しいことじゃ」

信平は、友の出世を自分のことのように喜んだ。

それは五味も同じらしく、笑顔で言う。

「毎日登城しているらしいので、ひょっこり会う時があるでしょう。ちなみにおれは、奉行所の前でばったり会って、立ち話をしました。近頃は少々太ったらしく、貫《かん》禄《ろく》がついておりますぞ」

「そうか。是非とも会《お》うてみたいものじゃ」

信平は微笑み、酒を舐めた。

五味がすかさず口を出す。

「ぐっといかぬか」

酔っている五味が遠慮のない態度で銚子《ちょうし》を向けたのだが、信平は盃《さかずき》を置き、五味の手から銚子を取った。

「ちと、善衛門たちが気になるゆえ酔えぬのだ。そなたは気にせず飲んでくれ」

「遠慮なく」

差し出された盃を満たしながら問う。

「近頃の市中はどうじゃ。静かか」

「ええ、静かなもんです」

「それは良いことではないか」

「まあ、そうですけどね。暇すぎるのも困ります。昨夜なんてすることがないものだから、逆にくたびれましたよ」

「旗本梅村家の子息が斬られたことは、耳に届いているのか」

五味が口に運びかけていた盃を止め、真面目な顔で信平を見てきた。

「知っていますとも。手当てが早ければ助かったのでしょうけど、人通りが少ない道をたった一人で歩いていたところを狙われていましたから、見つかった時には手遅れだったそうです」

「それは、気の毒なことじゃ」

盃を置いた五味は、同心の面構えで言う。

「あえてとどめを刺さなかったとしたら、下手人は深い恨みを持っている者だと奉行所では見ていますが、いかんせん旗本のことですから、おれたちに出番はありません」

「そうだな」

「近頃庶民の暮らしは平穏ですが、前の秋月家のことといい、梅村家のことといい、御旗本は騒がしいですね」

五味は調子づいて言ったものの、信平も旗本だと思い出したらしく、手で口を塞いだ。そして言う。

「まあ、江戸市中の大半は将軍家直参ばかりです。旗本や御家人衆がひしめいていれば、揉めごとの一つや二つ珍しくはないですな」

「武家の揉めごとは、悪くすれば命に関わるゆえあってはならぬ。上様もさぞ、気にしておられよう」

五味がうなずく。

「おれはいつも思うのですが、信平殿が旗本と御家人衆に目を光らせる立場になれば、大人しゅうなるでしょうね」

「それは買いかぶりすぎじゃ」

「いいや、そうに決まっています。上様もそう思われているからこそ、信平殿を京から戻されたに違いないんですから」

信平の頭に、江戸の民のため、徳川のために励め、という将軍家綱の言葉が浮かんだ。

徳川の前に、江戸の民のために、と言ったことが、いかにも家綱公らしいと信平は思うのである。

五味に酌をしていた時、善衛門と佐吉が帰ってきた。

「殿、ただいま戻りました」

声をかけて居間に入る善衛門に、五味が振り向く。

「ああ御隠居、お帰りなさい。ささ、一緒にどうですか」

「酒はあとでよい」

善衛門はあしらうように言い、信平の前に座る。

「殿、やはり梅村家は何かございますぞ」

「聞こう」

信平が膳を横にずらす。

善衛門は膝を進めて近づいた。

「敬之介を送って行く途中で、刺客に襲われました。ただいま鈴蔵が追っております」

「怪我はないのか」

「はい。皆無事です」

「それは何より。して、相手はどのような者だ」

「明らかに浪人者でした。おそらく、誰かに雇われておるのでしょう」

五味が割り込んでくる。

「なんだか物騒な話ですな。いったい何が起きているのです」

「まだ話は終わっておらぬ」

善衛門が苛立って制し、信平に向く。

「敬之介の父親に心当たりを訊いてみたのですが、まったく身に覚えがないと言うておりました。隠している様子もなく、嘘をついているようにも見えませなんだ」

「そうか」

信平は黙考した。

腕組みをして聞いていた五味が、真剣な顔で口を挟む。

「人違いでは？」

信平が応じる。

「二度目の襲撃となると、人違いではあるまい」

善衛門が五味に不機嫌な顔を向ける。

「酔っぱらいは黙っておれというに」

「へぇい」

五味は下唇を出してふてぶてしく言い、受け口に盃の酒を流し込んだ。

庭に鈴蔵が現れ、片膝をついたのはその時だ。

「おお、戻ったか」

佐吉が迎えてやり、善衛門が廊下に出て問う。

「いかがであった」

「曲者どもは、根岸《ねぎし》の寮に入っていきました。近所の者に持ち主を訊《たず》ねましたところ、京橋筋《きょうばし》の綿《めん》問屋、丹後屋《たんごや》鶴左衛門《つるざえもん》だそうです」

「何、丹後屋だと」

耳に手を当てて聞いていた五味が、驚いて声をあげた。

「知っているのか」

信平が訊くと、五味がしゃっくりをしてうなずく。

「京橋筋では一、二を争う大店《おおだな》ですよ。あそこを受け持っている者は、付届《つけとど》けでいつも袂が重そうに下がっていると言いますから羨ましい限り、じゃなくって、怪しい限りです」

「では、評判はよろしくないのだな」

「いえいえ」

五味が手をひらひらとやる。

「その反対で、貧しい子供たちに古布《ふるぎれ》で着物を縫ってやるわ、にぎり飯を振る舞うなどしているもんだから、評判はすこぶるよろしいのです。付届けも、貧しい子供が人の物を取ったりした時にお目こぼしを頼むためのものだとか、なんとか」

目が据《す》わって身体が揺らいでいる五味の言うことがどこまで正しいか分からぬが、裏の顔があるのかもしれぬと思った信平は、五味に調べるよう頼んだ。

「おやすい御用ですとも」

そう言った五味は、酔い潰れて眠ってしまった。

「おい、五味！」

善衛門が起こそうとしたが、信平が止めた。

「昨夜から寝ていないのだ。このまま眠らせてやれ」

「しかし……」

信平は立ち上がった。

「善衛門、戻ったばかりですまぬが、梅村殿と話がしたい。案内を頼む」

「それは構いませぬが、今からでは夜になりますぞ」

「命が狙われている者を放ってはおけぬ」

「はは」

「佐吉、五味を頼むぞ」

信平に応じた佐吉が、五味を軽々と担ぎ上げて客用の寝間に連れて行った。

四

梅村家に到着したのは、まだまだ宵の口だった。

出迎えた江藤に、善衛門が信平の名を告げる。

思わぬ客に目を見開いた江藤が、深々と頭を下げた。

「今門を開けまする」

入ろうとした江藤に、信平が言う。

「当主晴宗殿に負担なきよう、寝所でお会いしたい」

江藤は申しわけなさそうに頭を下げた。

「では、お言葉に甘えさせていただきまする」

江藤は門番に表門を開けさせ、信平と善衛門を案内した。

寝所の廊下に座した江藤が、声をかける。

「殿、鷹司松平信平様と葉山様がお越しでございます」

看病をしていた奥方が慌てて頭を下げるのに応じた信平は、邪魔をすると言い、起きようとした晴宗を、

「そのまま」

と、制して、善衛門と並んで晴宗の枕元に座した。

奥方が下がるのを待ち、信平が晴宗に言う。

「心の臓を患っていると聞いております。こころを落ち着けて聞いていただきたい」

「もったいのうございまする。どうかお気遣いなさらず、なんなりとおっしゃってください」

「察しておられようが、敬之介殿を襲った曲者どものことじゃ。麿の手の者があとを追ったところ、京橋筋の綿問屋、丹後屋鶴左衛門の寮に入ったのだが、心当たりはおありか」

すると、晴宗の顔がにわかに曇った。

「まさか」

と、落胆する晴宗。

善衛門が訊く。

「晴時と敬之介を襲わせたのは、丹後屋なのだな」

「いや、そうではありますまい」

「違うと申すか。曲者は、丹後屋の寮に入ったのだぞ」

晴宗が首を横に振った。

「では誰なのだ」

晴宗が、渋い顔を善衛門に向ける。

「丹後屋鶴左衛門は、旗本、鍋島《なべしま》家の出入り商人でございます」

「名は？」

「興光《おきみつ》」

「わしは知らぬ名じゃ。襲わせたのはその者か」

「丹後屋の名を聞くまでまったく思いもしなかったことですが、わしを恨んでおるのは、興光殿かもしれませぬ」

「その者と何があった」

「興光殿は、長男が自ら命を絶ったことを、当時上役だったわしのせいだと思うておるのかもしれませぬ」

「それは、お役目のことでか」

善衛門が訊くと晴宗はうなずき、信平に顔を向けて理由を話した。

「興光殿の長男興長《おきなが》は、覇気の強い若者でございました。それがしの組下に付いていたのですが、ご存じのとおり、旗奉行というお役目は、かび臭い蔵で一日過ごすこともあり、平時にはすることがないのでございます。八十俵の蔵米取りの鍋島家では満足できなかった興長は、父と母のために家を大きくするのを夢見てございましたので、若さも手伝い、焦っておりました。それがしは常々、どのような小さなお役目も真面目にしなければ、出世など望んでも無理だと、厳しく接していました。興長は、それがしのような者の言葉に従《したご》うてくれておりましたが、それがしの力及ばず、いつまでたっても出世の糸口をつかませてやれませんでした。望んでも思うようにいかぬ興長は、暇を持て余す日々を過ごすうちに独り言が多くなっていき、それがしのもとへ来て二年足らずで、こころを病んでしまったのです」

「それで、自ら命を絶ってしまったのか」

信平の問いに、晴宗は沈痛な面持ちでうなずいた。

「自分の部屋で首を吊《つ》っているのを、起きて来ないのを不審に思った母親が見つけたのです」

「母御は、さぞ辛かったであろう」

信平の言葉に、晴宗が唇を震わせて目を閉じた。

「その場で喉を突いて息子のあとを追おうとしたところを、興光殿が止められたので

す」

「して、今は」

「御公儀には、興長の死を病死と届け、鍋島家は興光殿がふたたび当主になり、存続

されております」

「その者が、何ゆえ晴宗殿を逆恨みする」

「それがしは興長に厳しゅうしておりましたので、こころを病んだのは、それがしの

せいだと思うているのかもしれませぬ」

そう言った晴宗は、辛そうな息を吐いて目を閉じた。

これ以上は身体に毒だと思った信平は、立ち上がった。

「逆恨みが消えるまで、敬之介殿を外に出さぬことじゃ。丹後屋のことは麿の友に調

べさせるゆえ、しっかり養生されるがよい」

「信平様のお手を煩わせるなど、おそれ多いことにございます」

「そなたは善衛門の友じゃ。麿に気兼ねなどいらぬ」

信平がそう言って寝所を出ると、善衛門が笑顔で晴宗にうなずく。

「我らにまかせておけ」

善衛門は友の身体を案じてじっとしていろと言い、廊下に出た。

障子が閉められると、晴宗は信平と善衛門の厚意に感謝して目を潤ませたが、大きく息を吸い、覚悟を決めた顔で夜着を払いどけた。

「静代《しずよ》、静代！」

声を上げると、妻の静代が襖を開けた。

「晴時を殺した相手が分かった。着替えを頼む」

立ち上がる夫に、静代が慌てた。

「そのお身体で無理をなさってはいけませぬ」

「何も言うな。武士の意地にかけて、息子の仇を討つ！」

寝間着を脱ぐ晴宗に従った静代は、そばに置いていた着物を着せた。

この時、信平と善衛門は江藤に懇願されて客間に入っていた。

「おもてなしをせねばあるじに叱られまする」

信平は辞そうとしたが、むげにできぬと善衛門が言うので従っていたのだ。

酒肴を待つあいだ、

「くれぐれも、当家のことをお頼み申します」

すっかり弱気になっている江藤に何度も頼まれた善衛門は、心配するなと諭していたのだが、屋敷の中で騒ぎが起きた。

「何ごとじゃ」

ただごとでない騒ぎに、善衛門が遠慮なく襖を開けた。

すると、晴宗が胸を押さえて苦しみながらも、刀を杖《つえ》にして歩んでいるではないか。

必死に止める若党たちに、

「どけ！」

怒鳴った晴宗は、脂汗を浮かべた顔をしかめて歩む。

「いかん」

慌てた善衛門が、晴宗を止めに行く。

「よさぬか晴宗！　おぬし死んでしまうぞ！」

善衛門に顔を向けた晴宗が、片膝をついた。

「は、葉山様、お止めくださるな。息子の仇を、討たせてくだされ」

「おぬしの気持ちは分かる。じゃが、その身体では無理じゃ。殿とわしにまかせてくれと言うたばかりであろうが」

晴宗は、痛みに耐える顔を善衛門に向ける。

「し、しかし、このままでは、死んでも、死に切れませぬ」

「ならば生きておれ。倅とおぬしの無念はわしが晴らしてやる」

晴宗は顔を歪めて胸を押さえた。

「く、うう」

「いかん、早う医者を呼べ！」

善衛門は若党を走らせ、晴宗をその場で横にさせた。

そこへ敬之介が来て、晴宗の手をにぎる。

「父上、死んではなりませぬぞ」

声をかけたが、晴宗は気を失ってしまった。

医者が駆け付けた時には、晴宗は意識も戻り、落ち着いていたのだが、

「油断はできませぬぞ」

次に発作が起きたら、いよいよ危ないと言う。

無理をせず、気持ち穏やかに、安静にするよう言われて、晴宗は呆然とした目を天井に向けている。

信平は、寝所の入り口でうな垂れている敬之介のそばに行き、肩をつかんだ。

不安そうな顔を上げる敬之介に、信平は顎を引く。

「麿たちはこれで失礼する。何かあれば、遠慮なく使いの者をよこせ」

「かたじけのうございます」

「そなたが父をしっかり看《み》ておくことじゃ。よいな」

「はい」

うなずいた信平は、善衛門と共に赤坂へ帰った。

五

目をさました五味は、はっとして起き上がり、部屋を見回した。

「ここはどこ?」

部屋の襖には桜が描かれ、布団はほのかに香木の香りがして、なんとも気持ちが落ち着く。

信平の屋敷で寝てしまったのをようやく思い出した五味は、廊下に出て、夜が明けたばかりの空を見上げた。

大きなくしゃみをして、鼻をこする。

顔を洗おうと思い、裏庭から井戸に行くと、忙しく働いている下女のおつうとおたせがいた。

「おはよう」

呑気に声をかける五味に、年長のおつうが腰を押さえて立ち上がり、顔を上げた。おたせも顔を上げ、揃ってあいさつをする。

五味はにやにやして歩み寄り、おたせが持っていたざるを覗き込む。

「おお、しじみか」

「誰かさんがお酒を飲みすぎてらっしゃるようだからって、お初様が」

「誰かさんとは、もしかしておれのことか」

「他に誰がいるんですよ」

「いや、昨夜はだな、宿直明けで疲れていただけだ。飲みすぎてなどおらんさ」

「あらそうですか。それじゃ、お初様のしじみ汁はいらないんですね」

「いる！　いります！」

五味が手を合わせて拝むものだから、おたせが愉快そうに笑った。

「すぐできますから、待っていてください」

「おう」

いそいそと顔を洗った五味は部屋に戻り、声をかけられるのを待ち望んでいた。

程なくおたせが廊下に座った。

「五味様、朝餉の支度が調いました」

「はい」

嬉しそうに返事をした五味は、急いで居間に行く。

いつもの場所に座って待っていると、善衛門と信平が来て、佐吉と鈴蔵も同席した。

何やら重苦しい雰囲気なので、五味は、どうしたのです？　という顔を信平に向けた。その時お初が膳を置いてくれたので、五味は興味をなくして笑顔でお椀《わん》を取り、しじみの味噌汁をすする。

「今朝もまた、絶品なり」

目をつむり、しみじみと言う五味をお初がちらりと見て立ち上がり、下座に控えた。

「五味」

信平に呼ばれて、五味が顔を向ける。

「分かっていますよ。これをいただいたら丹後屋を調べに行きます。怪しいと思ったら、寮の浪人どももしょっ引いていいですか？」

「そのように頼む」

五味は笑みを浮かべて応じ、味噌汁とご飯を食べて手を合わせた。

「ごちそうさま。では、これにて」

そう言って立ち上がり、お初に顔を向ける。

「お初殿、しじみで元気が出ましたぞ」

「どうも」

冷たくあしらうお初に対し満面の笑みの五味は、屋敷から出かけた。

「朝から騒がしい奴じゃわい」

善衛門が言い、信平に顔を向ける。

「殿、それがしは鍋島家を見張ります」

「いや、善衛門は晴宗殿のそばに付いていたほうがよかろう」

「何ゆえでござる」

「晴宗殿は、病ゆえ心細いはず。友がそばにいてくれるだけでも、気持ちが楽になろう」

「それもそうですな。では、そういたします」

信平は鈴蔵に命じる。

「鍋島家には、鈴蔵、そなたがまいれ」

「承知」

「何かあれば、すぐに知らせよ」

「はは」

鈴蔵は朝餉をかき込み、出かけていった。

佐吉が信平に訊く。

「殿、我らはいかがします」

「ここで待とう。鍋島家に怪しい動きがあれば、ただちにまいる」

「では、今のうちに腹ごしらえをしておきましょう」

佐吉はそう言って、ご飯を三杯おかわりした。

五味は一旦奉行所に行き、与力の出田にことの次第を報告した。

「何、信平様が？」

「はい。丹後屋の調べをお望みです」

「そういうことならば、我らもお力にならねばなるまい。御奉行にはわしから申し上げておくゆえ、お前は丹後屋へ急げ」

「はは」

五味は楊枝屋の梅吉を連れて京橋筋へ急ぎ、丹後屋の暖簾《のれん》を分けて入った。

「邪魔するぞ」

帳場にいた鶴左衛門が五味を見るなり筆を置き、腰を低くして上がり框まで出てきた。

その横へ腰かけた五味が、十手を抜いて自分の肩に置き、鋭い目を向ける。

五味は鋭くしているつもりだが、何せおかめのように目尻が下がっているのだから、迫力なんてものはない。

相手には笑っているように見えるのか、

「旦那、今朝はまたご機嫌がよろしいようで」

などと言われる五味である。

確かにお初のしじみ汁で機嫌が良かった五味は、顔を背けて言う。

「おれのことはどうでもいい。丹後屋、昨日な、旗本梅村家の御子息が命を狙われたのだが、共にいたさるお方のご家来衆が阻止なされた」

「さようでございますか。それで、今日は？」

鶴左衛門はよそごとのように応じて、不思議そうな顔をしている。

五味は舌打ちをして、不機嫌をぶつけた。

「丹後屋、とぼけても無駄だぞ」

「わたしがとぼける？　何をです？」

「旗本の御子息の命を狙った者どもが、お前が根岸に持っている寮に逃げ込んだのは分かっているんだよ」

「ええ！」

驚く鶴左衛門に、五味は十手を突き付けた。

「ほんとうに何も知らないのか？」

「し、知りません」

「だったら、根岸の寮のことをどう申し開きする」

「そ、それは……」

鶴左衛門が目を泳がせた。

「おいおい、どこを見てやがる。おれの目を見て答えろ」

五味に言われて、素直に目を合わせた鶴左衛門が、後ろに手を回して振っている。

程なく番頭らしき男が来て、五味の前に包金《つつみがね》を置いた。

紙に包まれている厚みから察して、十両はあるだろう。

五味はごくりと喉を鳴らしたものの、触りもしない。

「袖の下を渡すってことは、お前が雇った者どもだと見ていいのだな」

「めめ、めっそうもないことでございます」

「違うと申すなら、寮に逃げた連中は誰だ。鍋島家の者か」

五味が名を出すと、鶴左衛門の表情が見る間に強張《こわば》る。

「ここで訊くのはこれが最後だ。知っていることをすべて話せ」

話さなければ奉行所に連れて行く、という重圧をかけると、鶴左衛門は、五味を奥の客間に上がらせた。

膝を突き合わせると、

「おそれいりましてございます」

鶴左衛門が、両手をついて言う。

「寮は、鍋島様に頼まれてお貸ししております。ただそれだけでございまして、誰が暮らしているのか、手前はまったく知らされておりません」

家守《やもり》をさせている下男夫婦も、丹後屋に引き上げさせているらしい。

嘘を言っているように思えなかった五味は、今も寮を明け渡してもらっていないのを確かめると、

「町奉行所が調べていることは、鍋島家には言うなよ」

そう命じて、奉行所に戻った。

詰め所には行かず、出田の部屋に行って丹後屋のことを言おうとしたのだが、五味の顔を見るなり、出田が先に口を開いた。

「御奉行から許しを得た」

「さすがは御奉行、話が分かる」

「して、丹後屋はどうだった」

「鶴左衛門は寮を貸したのみで、晴時殿斬殺には絡んでいないようです」

「では、寮には誰もいないのか」

「いえ、今も曲者どもが使っているようです」

「まだ居座っているのなら、旗本の家来ではなかろう。おそらく、金で雇われた浪人どもだ」

「ということは、しょっ引いても障りないですね」

「あくまでも、商家の寮を勝手に使う怪しい輩《やから》を捕らえる。そういうことにしておくようにと、御奉行が仰せだ」

「旗本への配慮を怠らないところが、御奉行らしいですな」

五味が笑うと出田は賛同して顎を引き、支度を命じた。

出田の指揮の下、五味を含める同心六名に、小者二十名。総勢二十七名の捕り方が奉行所を出役して根岸に走り、丹後屋の寮を囲んだ。

高い生垣で中の様子が見えず、いるのかいないのか分からない。

表の門扉《もんぴ》は堅く閉ざされたままだ。

出田は半数を割いて裏に回し、配置についているのを確かめると、捕り方に侵入を命じた。

梯子を門に掛け、身軽な捕り方が屋根を越える。

程なく門を外す音がして戸が開かれると、

「それ！」

出田の采配《さいはい》で、五味たちが一斉に入った。

寮の中にいた十数名の浪人たちは、鍋島の催促を受けて、梅村家に押し入る相談をしていたところだった。

「北町奉行所である！」

障子の外からいきなりした大声に、浪人たちは狼狽《ろうばい》した。

「しまった」

浪人の一人が声をあげ、刀をにぎって立ち上がった時に障子が打ち破られ、奉行所の捕り方が踏み込んだ。

寄棒《よりぼう》を持った捕り方と浪人たちがたちまち乱戦になり、六尺棒を持っている五味は人が変わったように勇ましく、得意の技で相手を圧倒した。

だが、浪人たちも押されっぱなしではない。

捕り方は棒を断ち切られ、怪我をさせられる者たちが続出する。

応援を求める呼子《よぶこ》の音が寮の外に響くと、裏手を守っていた者たちが押し入った。

これで形勢は一気に奉行所側にかたむき、浪人たちは次々と捕らえられていく。

「お前たちを雇ったのは誰だ！　言え！」

五味が押さえつけた浪人に訊くが、浪人は薄ら笑いを浮かべている。

「言わぬか！」

五味が怒鳴ると、

「知ったところで、お前たちには手が出せぬお人だ」

浪人はそう言い、唾を吐きかけた。

怒りをぐっと抑えた五味は、浪人に言う。

「やはり鍋島興光だったか」

すると浪人が、目を泳がせた。

「まあいい、奉行所でじっくり吐かせてやる」

五味はそう言って縄を打ち、苦戦している者の助太刀に走った。

その騒ぎの中、外から様子をうかがっていた侍が足早に立ち去ったのだが、この男こそが、梅村家を恨み、晴時を殺させ、敬之介を襲わせた鍋島興光だった。

五味は寮に向かう途中で鍋島とすれ違っていたのだが、不覚にも、怪しいとは思わなかったのだ。

六

屋敷に帰った興光は、妻を部屋に呼び、家の有り金すべてを差し出した。

五十両は、鍋島家にとっては大金だ。

目を丸くする妻に、興光が言う。

「たった今、お前に暇を出す。よいか、これを持って実家へ帰れ」

妻は不安そうだ。

「あなた、何をなさるおつもりですか」

「わしがすることはただひとつ」

「わたくしもお供いたします」

「ならん。お前は生きて、興長の霊を慰めてやってくれ」

妻は、神妙な顔をして黙っている。

「こうなったのは、すべて梅村のせいじゃ。我が子を死に追いやられた恨みを、この手で晴らす」

興光は、妻の肩をつかんで立たせた。

「家来たちには、すでに暇を出した。わしの言うとおりにしてくれ」

妻は涙を流して訴える。

「どうしても、お供をさせていただけないのですか」

「相手は二千三百石だ。家来も多いゆえ、そなたがいては足手まといじゃ」

興光は妻の手を取り、金と一緒に置いていた興長の位牌《いはい》をにぎらせた。

「さ、ゆけ」

妻は興長の位牌を見つめ、抱きしめて承諾した。

「義弟《おとうと》に、よろしく伝えてくれ」

興光はそう言って妻を部屋から出すと、襖を閉めた。

屋根裏に潜んでいた鈴蔵は、僅かな荷物をまとめて屋敷から出る妻を見届け、興光の部屋の上に戻った。

何をしているのか、気配はあるのだが、静かすぎる。

程なく、下で物音がした。

屋敷を見て廻《まわ》っているのか、興光の足音が廊下を回り、裏と表の部屋を行ったり来たりしている。

鈴蔵は、音を立てぬよう気をつけて部屋に下り、興光の行動を探った。すると興光は、台所の板の間に入り、刀を分解して刃を研《と》ぎはじめていた。横顔は殺気に満ちている。

「自ら梅村家に押し込む気だな」

独りごちた鈴蔵は、信平に知らせるために立ち去ろうとした、その刹那、目の前に刀を突き付けられた。

「うっ」

と、息を呑む鈴蔵に、侍が鋭い目を向ける。

興光一人だけと思っていたが、まだ家来が残っていたのだ。

「貴様、何者だ」

「い、いや、怪しい者では」

鈴蔵は両手を見せて笑みを浮かべたが、侍には通じない。

「殿！　曲者ですぞ！」

声に応じた興光が驚き、刀を置いて来る。

町人の姿をしている鈴蔵を見て、表情を曇らせた。

「公儀の者か」

鈴蔵は首を何度も横に振ったが、興光の家来が刀を振り上げた。

「待て」

止めた興光が、家来に言う。

「人の家をこそこそ嗅ぎまわる公儀の犬には、相応しい死に方をさせてやる」

無言で応じた家来が、刀を持ちかえた。

鈴蔵は、刀の柄で首の後ろを打たれ、気絶した。

見下ろした興光が、家来に命じる。

「屋敷ごと、焼き殺せ」

家来は、刀を研ぎに板の間へ戻る興光に頭を下げ、鈴蔵を奥の部屋へ引きずって行った。

縄で鈴蔵の自由を奪った家来は、台所に油樽《あぶらだる》を取りに行くと、屋敷中に撒《ま》いた。

興光が、研ぎ終わった刀を腰に差し、松明に火をつけて座敷に上がる。

「先に出ておれ」

「はは」

家来が立ち去ると、興光は鈴蔵が横たわる部屋の戸を閉め、廊下に溜《た》まっている油に松明を投げた。

燃え広がる炎を見つめながら興光が、

「すべて燃えてしまえ」

そう言うと、唇に不気味な笑みを浮かべて、立ち去った。

熱さで気が付いた鈴蔵は、ぎょっとした。目の前の障子が燃えていたのだ。

荒縄で手足の自由を奪われ、座敷の真ん中に寝かされている鈴蔵の周りは、すでに火の海になっていた。

「こんな所で死んでたまるか」

鈴蔵は、気合をかけて腰を曲げ、丈夫な歯で脚絆《きゃはん》を噛んだ。

脚絆に忍ばせている手裏剣《しゅりけん》を引き出すと、くわえなおして手裏剣の刃を前に向け、腕の縄のあいだに滑り込ませる。

腕を出したり引いたりして手裏剣で縄を切った鈴蔵は、足の縄を切り解《ほど》き、外に転げ出た。

背中に火が着いたので着物を脱ぎ捨て、門の外に駆け出る。

「火事だ！　火事だぞ！」

叫んで近所の武家に知らせると、赤坂へ走った。


その頃、興光は、供をするという家来を説き伏せて離れ、たった一人で梅村家に向かっていた。

屋敷の火事に周囲が気付いたらしく、彼方《かなた》で半鐘《はんしょう》の音が響きはじめた。

牛込御門を潜る頃には、風も強くなってきた。

もはや梅村家の絶滅しか頭にない興光には、半鐘の音も、町の人々の慌てる声も聞こえていない。

心配そうに北の空を見ている門番たちの横を通って牛込御門内に歩みを進めた興光は、程なく梅村家の門前に到着した。

出てきた門番が名を問う。

「鍋島興光と申す」

名乗った興光は、ぎょっとする門番の首を手刀で打ち、気絶させた。

逃げようとしたもう一人の門番を追って捕まえ、

「騒げば斬る」

そう脅すと、外に置き去りにして脇門を潜り、門を掛けて固く戸締まりした。

「おい、貴様は誰だ！」

駆け付けた若党にいきなり抜刀して斬り込み、足を浅く傷つけて倒すと、表の庭に通じる木戸を蹴破って押し入る。

庭に行き、両足を地に踏ん張った興光が、大声をあげた。

「梅村晴宗、出てこい！」

眠っている晴宗のそばにいた善衛門は、咄嗟《とっさ》に左門字をにぎった。

「来たか」

そう言ったのは、晴宗だ。

起き上がろうとするのを善衛門は止めたのだが、晴宗は聞かなかった。

「倅の仇は、親のわたしが討ちとうございます」

懇願されて、善衛門は肩を貸した。

「助太刀いたす」

「かたじけない」

二人で廊下に出て表に向かうと、用人の江藤が、三人の家来たちと共に興光の前に立ちはだかっていた。

鬢《びん》を乱した興光は、目の縁《ふち》を赤くして、まるで幽鬼《ゆうき》のような姿で立っている。

「下がれ、江藤」

晴宗が命じるのと、血の気の多い若党が斬りかかるのが同時だった。

「やあ!」

気合をかけて素早く打ち下ろす若党の刀をかい潜った興光が、抜刀術をもって斬り抜ける。

腹を斬られた若党が目を丸くして、呻き声をあげて倒れた。

「おのれ!」

若党を倒された晴宗が叫び、怒りに歯を食いしばる。

「皆の者手を出すな。そ奴は、わたしが斬る！」

晴宗が大声をあげると、江藤たちはしぶしぶ刀を引いた。

興光が晴宗を睨みながら刀を鞘に納め、羽織を取る。下には白い着物に、白い襷《たすき》を掛けた死に装束を隠していた。

対する晴宗もまた、病に臥せるままの白い寝間着姿だ。

逆恨みが招いた悲劇ともいうべき、仇討ちがはじまろうとしている。

青い顔をして刀に手を掛ける晴宗に、興光が嘲笑《ちょうしょう》を浮かべて言う。

「わしが憎いか。憎かろう。息子を殺された親の気持ちが、少しは分かったか」

「このたわけ者め。興長を死に追いやったのは貴様と女房だというのに、まだ気付いておらぬのか」

「黙れ！」

怒りを増す興光に、晴宗は言う。

「興長は、親の期待を一身に背負い、役目に励んでいた。貴様と女房は、そんな興長に労《ねぎら》いの言葉をかけてやるでもなく、いつになったら出世するのだ、親を楽にしてくれるのだと、毎日責め続けたであろう」

「それのどこが悪い。親が子の尻をたたくのは当然のことだ。興長は親の期待に応えようとしていた。それなのに、ろくな仕事をさせず、暗い蔵に籠もらせた貴様は、わしの倅の頭の良さを妬み、先を越されまいとしたのだ」

「違う。蔵に籠もったのは、興長の意志だ。出世をせがむ親のせいで、こころを病んでいたのが分からなかったのか」

「知らん、知らん知らん知らん！　興長を殺したのは貴様だ！」

興光は怒鳴り、抜刀した。

「梅村家の者どもを皆殺しにしてやる。我らの恨みを思い知るがいい！」

晴宗に斬りかかる興光の刀を、善衛門が左門字で弾き上げた。

「むっ。じじい、邪魔立ていたすな」

「黙れ！　我欲で息子を死なせておいて、逆恨みをした相手の子の命を奪うとは、愚かにも程がある。同じ旗本として、貴様の犯した罪を許すわけにはいかん。この葉山善衛門が、晴宗殿の仇討ちに助太刀いたす！」

左門字を構える善衛門の前に、晴宗が出た。

「葉山様、ここはわたしに」

そう言ったものの、刀を重そうに構える晴宗に勝機などない。

だが善衛門は、友の願いに従い、左門字を下げた。

興光は、息を荒くして目を見開き、もはや正気を失っている。

善衛門が下がるや、

「うああ！」

奇声をあげて斬りかかった。

晴宗は刀で受け、刀身を大きく回転させて興光をねじ伏せた。

興光が倒れたところを狙い、

「息子の仇！」

渾身の力で刀を打ち下ろしたが、身体を転じてかわされる。

晴宗は追い打ちをかけようとしたのだが、苦しげな顔をして、胸を押さえた。

呻き声をあげて片膝をついた晴宗を見て、興光が油断なく立ち上がる。

見かねた江藤が、興光に斬りかかろうとしたのだが、

「手を出すな！」

晴宗の声に躊躇い、振り下ろそうとした刀を止めた。

その一瞬の隙を突き、興光が刀を振るう。

「ぐわ」

腹を浅く切られた江藤が、激痛に顔を歪めて尻から倒れた。

若党たちが興光の前に立ちはだかり、晴宗を守る。

恨みの念に支配された興光が、不気味な眼光で若党たちを睨み、刀を大上段に構えた。

その威圧に怯んだ若党が、恐れを吹き飛ばす気合をかけて前に出る。

鋭く打ち下ろされる興光の刀を受けたのだが、興光の力が勝り、刃が肩にめり込む。

「く、くう」

必死の形相《ぎょうそう》で刀を受け止めようとしている同輩を助けるべく、別の若党が前に出ようとした。

だが、興光の鋭い目に気圧《けお》され、足が出なくなった。

この危機を救ったのは、敬之介だ。

恐れるあまり、母親と共に物陰に隠れていた敬之介が、母の制止を振り切って飛び出した。

抜刀して、

「兄上の仇！　覚悟！　やあ！」

叫び、興光にかかっていく。

素早く身体を転じた興光が、敬之介の一刀を弾き上げた。

「うわ」

力負けして尻餅をつく敬之介。

「敬之介！」

晴宗が苦しい声をあげる前で、興光は敬之介に、大上段から刀を打ち下ろした。

だが、咄嗟に抜刀した善衛門が横合いから助太刀し、左門字で興光の脇腹を斬った。

「おう」

呻き声をあげた興光が、顔を歪めて怯んだ。

「敬之介、今じゃ！」

善衛門が叫ぶや、敬之介が刀を突き出す。

「えい！」

腹を突かれた興光は、呻き声をあげて刀を素手でつかみ、片手で敬之介を斬ろうとしたが、振り上げたところで力尽き、足から崩れるように倒れた。

「見事じゃ、敬之介」

善衛門が言うと、額に玉の汗を浮かばせていた敬之介が、白目をむいて倒れた。

鈴蔵の知らせを受けた信平が梅村家に到着したのは、善衛門が気を失った敬之介を起こそうとしていた時だ。

「善衛門」

「おお、殿」

「すまぬ、後《おく》れを取った」

「ご安心を、敬之介が見事に仇を討ち取りましたぞ」

信平は敬之介を見た。

「怪我をしたのか」

「いやいや、気を失っているだけにござる」

「それは何より。佐吉、鈴蔵、怪我人の手当てを」

信平に応じた佐吉と鈴蔵が、若党たちを助け起こした。

善衛門に気を入れられて目を開けた敬之介が、地べたに倒れ、静代の介抱《かいほう》を受けている晴宗のそばに這って行く。

「父上、しっかりしてください」

目を開けた晴宗が、敬之介の手をにぎった。

「母を、頼むぞ、敬之介」

「わたしは、家督を継ぐ決心をしました」

うなずいた晴宗が、目をつむった。

「父上、しっかりしてください、父上」

しがみ付いた敬之介が、ぼろぼろ涙をこぼしながら揺すった。

「晴宗、しっかりせい！」

善衛門が叫ぶと、晴宗が目を開けた。

涙で顔を濡らしている敬之介を見て、顔をしかめる。

「男が人前で泣くな、情けない。これでは、孫を見るまで安心して死ねぬわい」

晴宗は言い、善衛門に笑みを浮かべた。

第四話　死闘！　鳳凰の舞

一

この日、江戸城の行事をつつがなく終えた信平は、本丸御殿からくだり、大手門前で待っている佐吉のところまで戻っていた。

「もし、もし」

背後から声をかけられ、信平は足を止めて振り向いた。

槍持ちを従えた旗本らしき男が歩み寄り、頭を下げる。

「突然ご無礼いたしました。お初に御意《ぎょい》を得ます。それがし、新番頭《しんばんがしら》、狭山郡兵衛《さやまぐんべえ》と申します」

「お手前が、狭山殿か」

信平が狭山と会うのは初めてだが、一度だけ文を交わしたことがある。

三十歳の狭山が務める新番頭は、戦時は将軍家の親衛隊となる布衣《ほい》。

ゆえに狭山家の当主は代々、剣の達人だ。

その狭山と文を交わしたのは、将軍の宴《うたげ》の騒動の直後だ。

信平の見事な剣術を目《ま》の当たりにして感動した狭山が、手合わせを願う書状を送ってきたのである。

信平は申し出を受ける書状を返していたのだが、程なく京行きが決まったため、この話は流れていた。

そして今日、狭山が偶然信平の姿を見かけて、声をかけたというわけだ。

「江戸にお戻りでしたか」

「はい。お知らせもせず、ご無礼いたしました」

「なんの。それより、あの約束はまだ覚えておられますか」

「覚えております」

「近々、いかがでしょうか」

信平は、布衣の狭山がどのような剣を遣うのか関心があったので、話を受けることにした。

「いつでも、お受けいたします」

「では三日後に、それがしの屋敷でいかがですか。家臣どもにも、見せてやりとうございます」

「いいでしょう」

「よし」

喜んだ狭山が、楽しみだと言って頭を下げ、先に帰った。

信平は、甥《おい》の正房《まさふさ》に付き添っている善衛門と待ち合わせをしていたので、大手門の前に置かれている長床几《ながしょうぎ》に腰かけた。

空は雨雲が垂れ込め、今にも泣きそうだ。

佐吉が門のほうへ目を向けた。

「御老体は、遅うございますな」

「じき来よう」

信平は呑気に言い、佐吉が渡した竹筒の茶を一口含み、香りのいい茶にほっと一息つく。

この時、信平と別れた狭山郡兵衛は、門前で馬に乗り、家来と共に馬場《ばば》先堀《さきぼり》の道を通って屋敷に帰っていた。

その狭山の前に一人の男が現れ、立ちはだかった。

黒塗りの笠《かさ》を目深《まぶか》に着け、黒い着物の襟に赤い下地を見せた小粋な身なりをした男は、大小を腰に差している。

「何者だ、無礼であろう」

露払《つゆはら》いをしていた若党が言うと、男は道を空けた。

「行け」

狭山が家来に言い、馬を歩ませようとした時、男が訊いてきた。

「貴殿は、新番頭、狭山郡兵衛殿か」

馬上の狭山が、じろりと睨み下ろす。

「いかにも、それがしが狭山だが」

貴様は誰だと訊こうとした、その刹那、男はいきなり抜刀して、馬の首を落とした。倒れる馬から身軽に飛び降りた狭山は、刀の柄袋を投げ飛ばして鯉口を切る。

前を守った家来たちが抜刀し、気合をかけて曲者に斬りかかった。

だが、男の太刀筋が凄まじく、瞬く間に三人の家来が打ち倒された。

「おのれ！」

狭山が抜刀する。

「案ずるな、峰打ちじゃ」

男が言うなり、

「黙れ！」

狭山は怒鳴り、猛然と斬りかかった。

袈裟懸《けさが》けに打ち下ろした一撃をかわされたが、さらに踏み込んで、返す刀で斬り上げる。

それもかわされた狭山は、

「えい！」

鋭く刃を返して斬り下げた。

敵に息もつかせぬ得意の連続技だが、男は刀を下げたままかわし、完全に太刀筋を見切ったようだ。

「徳川の布衣というので期待しておったが、その程度とはのう」

男に言われて、狭山は一歩下がり、間合いを空けた。

「ならば、狭山流の極意を受けてみよ」

狭山は言い、刀を上段に構えた。

いわゆる、兜割《かぶとわり》、と伝えられる、戦国伝来の一撃必殺剣の形である。

将軍家精鋭の狭山流は、攻撃を受け止める相手の刀を、力で押し沈めて断ち切る豪剣。

対峙する男は、怒れる狭山に冷笑を浮かべ、刀の刃を返した。同時に、左足を前に出し、左の手の平を広げて狭山に向け、刀をにぎった右手を後ろに伸ばし、腰を低く構える。

奇妙な構えを見て、狭山が訊く。

「おぬしの名前と、流派を聞いておこう」

すると、男が答えた。

「紫女井《しめい》、左京《さきよう》。念頭流《ねんとうりゆう》だ」

「知らぬ！」

狭山が言い、斬りかかろうとしたが、

「うっ」

跳びすさった。

左京が前に出している左の手の平が、一瞬だけ、視界いっぱいに大きくなったように見えたのだ。

「怖気付いたか」

左京が言い、にたり、と笑い、すぐに真顔になった。

一拍の緊張が走り、狭山は動いた。

「てやあ！」

大音声の気合と共に、渾身の一刀を打ち下ろす。

打ち下ろした切っ先を下に向けたまま動かぬ狭山の腹には、左京の刀がめり込んでいた。

「未熟」

左京は、狭山の耳元でそう言うと、身体を転じて、腹を斬り払った。

血振《ちぶ》りをして刀を納めて去る左京の後ろで、狭山は、呻き声をあげて倒れた。

下城する大名や旗本で混雑する中で起きた斬り合いは、僅かなあいだの出来事で、誰も助けに入ることができなかった。

それでも、左京が立ち去るのを見て、

「曲者を逃がすな！」

大名が叫び、家臣が追った。

近くを通りがかった旗本衆も加わり、追ったのだが、左京は、追い付いた者たちを斬り倒し、旗本の馬を奪って逃げた。

辰《たつ》の口《くち》の橋を渡ろうとしていた信平は、

「狭山郡兵衛殿が斬られた！」

という声を聞き、急いで橋を渡った。

曲者を追う一団が走っていくほうを見ると、男が馬を駆って逃げている。

名馬黒丸を馳《は》せて追おうとしたが、目の前を大名家の家来たちが塞ぎ、身動きが取れなかった。

信平は、倒れた馬のそばに横たわる狭山を見つけて、馬を降りて駆け寄った。

狭山の名を懸命に呼ぶ家来たちを割って入り、信平が手をにぎる。

「狭山殿、しっかりいたせ」

腹を斬られているが、息はあった。

「狭山殿！」

微かに目を開けた狭山が、何か言おうとした。

信平が耳を近づけると、

「む、無念」

狭山はそう言って、こと切れてしまった。

狭山に手を合わせた善衛門が、傷を見て言う。

「相当な手練《てだ》れですぞ」

狭山の家来が涙を堪え、悔しそうに言う。

「殿を斬ったのは、紫女井左京と名乗る男です」

信平は、聞き覚えのある名を口にした。

「紫女井、左京」

「殿、ご存じなのですか」

佐吉に訊かれて、信平はうなずく。

善衛門が驚いた顔で訊く。

「何者でござる」

「師、道謙様も一目《いちもく》置かれる剣の遣い手だ」

信平はそう告げると、狭山に手を合わせた。そして、泣き崩れる家来たちに何があったのか訊いた。

「突然現れ、殿に名を聞くなり、斬りかかったのでございます」

「徳川の布衣とはその程度かと、愚弄《ぐろう》して」

もう一人が悔しげに言い、地べたについている両手で土をにぎり締めている。

信平は立ち上がり、善衛門に言う。

「おそらく、剣士として高名な狭山殿を狙ったのだ。大勢の侍がいる中で勝負を挑んだのは、狭山殿を倒し、己の名を世に知らしめるためじゃ」

「愚かな」

善衛門が、優れた人物を喪ったと悔しがる。

「剣客としての名を広めたいなら、このような暴挙に出ずとも、他に手があろうというものを」

「紫女井左京は、そういう男じゃ。念頭流と名付けた独自の剣術で、京中の道場を荒らし回ったあげく、忽然《こつぜん》と姿を消していたのだが、まさか、生きておろうとは」

「どういうことにござる」

「死んだという噂が、京で広まっていたのだ」

「では、人違いではござらぬか」

「いや、逃げていった男の顔に見覚えがある。麿がまだ、道謙様の弟子になったばかりの頃、三条《さんじょう》の河原で戦う姿を見たことがあるのだ。血に飢えた、鬼のような男であった」

「これまで身を隠していた者が、江戸で何をする気でしょうか」

佐吉が訊くので、信平は顔を向けた。

「どこぞに籠もって剣の修行をしていたのなら、京でしたように、剣客の血を求めるかもしれぬ」

信平の悪い予感は、こののち当たることになる。

二

将軍家親衛隊の狭山が曲輪《くるわ》内で斬殺されたことは公儀を騒然とさせ、家綱の耳にも届いた。

旗本衆、特に狭山家と同じ新番頭のあいだには、次は自分が襲われるのではないかという不安が広がり、どの家も守りを固めた。

いっぽう、血の気の多い先手組の者たちは、旗本を斬った下手人捜しに躍起《やっき》になり、江戸市中を走り回った。

そんな騒がしい最中、左京は、神田で一刀流《いっとうりゅう》の看板を掲げる黎明館《れいめいかん》に現れた。

「一手、御指南を賜りたい」

塗り笠を取りもせず言う左京に、門人たちは敵意をむき出し、取り囲んだ。

「笠を取れ、無礼者」

門人の一人が言うと、左京は顎紐《あごひも》を解き、ゆるりと笠を取った。

歳の頃は三十半ばほどの左京は、眼光鋭く、隙がない。

見る者が見れば、

「こ奴、できる」

と、警戒するであろう。

しかし、旗本の中でも特に乱暴者と言われる者たちが集まることで評判のよくない黎明館であるだけに、痩せ細った浪人が食うに困り、金ほしさに無謀な道場破りをしようとしているほどにしか思わなかったらしい。

「ここに来たことを、後悔させてやれ」

道場主の了解も得ずに、師範代が痛めつけようとした。

師範代の命に従った高弟《こうてい》が木刀を取り、左京に襲いかかった。

誰もが一刀のもとに打ちのめすであろうと思っていたが、左京は一撃をひらりとかわすや、右手のみで木刀を振るい、高弟の頭を打って昏倒《こんとう》させた。

その腕前に師範代が目を見張り、次は自分だと勇んで相手になろうとしたが、道場主が現れて止めた。

鋭い目を向けた左京が、

「井坂定宗《いさかさだむね》殿か」

と、名を確かめる。

「いかにも」

井坂が答えるや、左京は狭山の時と同じように、一方的に戦いを仕掛けた。

井坂は、一刀流の達人として剣客のあいだに名が広まっているだけに、左京の一撃をかわした。

門人が見守る中で、木刀を構えて対峙したまではよかったのだが、

「お遊びは終わりだ」

左京が言い、猛然と迫る。

受けて立つ井坂は、一刀流の極意のひとつである技を使い、左京が打ち下ろすよりも早く木刀を打ち下ろした。

「つぁ！」

気合をかけ、左京の額を打ったはずであるが、木刀は左京をかすめもせず、右へ大きく外れて空振りとなる。

「うっ」

目を見張った井坂の額から、血が流れた。

左京は、井坂が打ち下ろす木刀を払い、そのまま額に打ち下ろしていたのだ。

井坂は、門人たちの目の前で倒れた。

「ま、まいった」

手で額を押さえた井坂が、いさぎよく負けを認めたのだが、

「まだだ」

左京は許さなかった。

木刀を振り上げ、目を見張る井坂に打ち下ろす。

井坂は撲殺《ぼくさつ》された。

目の前で師を殺された門人たちは、

「生かして出すな！」

火が着いたように叫び、真剣で斬りかかった。

口に薄笑いさえ浮かべた左京は、木刀一本で受けて立ち、僅かなあいだにすべての門人たちを打ち倒して、悠々《ゆうゆう》と去っていったのである。

井坂以外の者は生きていたのだが、手や足の骨を砕かれ、身動きできる者は一人もいなかった。

この日を境に、左京の道場破りは続いた。

奉行所や先手組の探索の網をすり抜けるように、江戸で名が知れた道場が次々と襲われ、僅か十日間で、五人の師範が殺されたのだ。

三

この日も、雨雲が低く垂れ込めていた。

今にも泣きそうな空を見つつ、信平の屋敷に走った五味正三は、黎明館や、他の道場が襲われたことを告げたのだが、しゃべっているうちにどうにも喉が渇いたので、お初に水を一杯頼み、一息ついて口を開いた。

「どこまで話しました？」

「左京が、道場を荒らしていると申したが」

信平が教えると、五味がうなずく。

「そうでした。ここへ来る前も、狙われた道場へ駆け付けたのですが、今日のはまったく酷い有様でした。小さな道場ですが、師範は頭を撲殺され、門人たちは腕の筋を切られてしまい、二度と刀が持てぬ身体にされていたのです」

「武士にとっては、命を取られるより辛いことであろう」

信平が言うと善衛門が賛同して、ため息まじりに言う。

「禄を食《は》んでおる者は、改易にされましょう」

五味が信平に訊く。

「関谷《せきや》道場は大丈夫でしょうか」

「関谷先生は今、旅に出ておられる」

「旅？　それは知らなかったなあ」

驚く五味に、善衛門が言う。

「同心のくせに知らぬとは、どういうことじゃ」

すると五味が、おかめ顔の口を尖らせる。

「深川の見廻り役ではないですから、騒動でもなきゃ、いちいち耳に入りませんよ」

「そんなものか」

「そんなものかとおっしゃいますけど、深川だけで何人住んでいるとお思いです？」

「知らん。何人じゃ」

善衛門に訊かれて、五味は口籠もる。

「知らんのか」

善衛門に五味は苦笑いを浮かべる。

「無宿人も多ございますからな。はっきりとは分かりませんが、数万人は暮らしておりましょう」

「そのような答えなら、子供でも言えるわい」

「ごもっとも」

五味は額をたたいて首をすくめた。

「ともあれ」

と、話題を変えて信平に言う。

「関谷先生が留守なのは、運がよかった。行き先が分かるなら、しばらく戻らぬようにお知らせしたほうが良いと思うのですが」

「行き先は知らぬ。が、このことが先生の耳に入れば、修行の旅を切り上げて戻られるやもしれぬ」

五味が納得した。

「確かに、先生のご気性ならそうされますな。耳に届かぬことを祈るとしましょう。今道場は、誰が守っているのです？」

「空家だ。いつ戻るか分からぬとおっしゃり、門を閉められた」

「となると、次はどこが狙われるか……。どう思います？」

信平は返す。

「それは、五味のほうが分かるのではないか」

「うぅむ」

五味はおかめ顔を歪めて考える。

「名が知られている道場は、御先手組と町奉行所が網を張っていますからな」

善衛門が言う。

「紫女井左京は、そこを外して襲っておるのか」

「はい」

これを受けて、信平が言う。

「紫女井は、道場の大小にこだわらぬ。京では、剣で名の知られた者は、相手が誰であろうと勝負を挑んでいた」

五味が困り顔をする。

「誰を狙っているか見当《けんとう》が付けられないとなると、これほど厄介なことはないですよ」

信平はうなずいた。

「こういう時、江戸は広すぎる」

善衛門が不機嫌に言う。

「それにしても、京を騒がした者を捕らえられなかったとは、当時の所司代殿は、何をされていたのか」

信平は、そのわけを教えた。

「紫女井には、厄介な仲間がいるのだ」

「何者ですか」

「盗賊だ。京では、五人組の浪人が取り巻いていたが、その者たちは遊ぶ金ほしさに盗賊になり下がっていた」

五味が眉間に皺を寄せた。

「浪人者が押し込みをやるとなると、急ぎ働きですね」

信平が顔を向ける。

「そのとおりだ。紫女井は、遣い手の用心棒を斬るのが役目だと聞いている。商家の者は、仲間が手にかけていた」

五味が不思議そうな顔をした。

「信平殿は、どうしてそのことを知っているのです？」

「道謙様から聞いた話だ。当時一味の一人が、別件で所司代に捕らえられたのだが、打ち首になるところを命惜しさに紫女井のことを持ち出し、すべて吐露《とろ》した。隠れ家を知った所司代が捕らえに行った時には、すでに遅く、紫女井たちは姿を消したあとだった。仲間割れで紫女井が命を落としたという噂が流れたのは、その頃だ」

「当時の所司代は、それを鵜呑《うの》みにして探索を打ち切ったのですな」

「それは分からぬ」

信平が言うと、五味は洟をすすった。

「とんでもない悪党が江戸に来ちまった。こいつを捕らえるまで枕を高くして眠れないな。今の話、御奉行にお伝えします」

五味はそう言って、急いで帰っていった。

善衛門が信平に膝を転じて、頭を下げる。

いきなりのことに、信平は困惑した。

「善衛門、いかがした」

「紫女井左京のことにござる。此度《こたび》ばかりは探索に加わらず、大人しゅうしてくだされ」

「麿は、上様から江戸の民の安寧《あんねい》を頼まれている。紫女井をこのままにしてはおけぬ」

「相手は狭山殿を一撃で倒すほどの遣い手。むろん、殿の剣が劣るとは思うておりませぬが、此度は妙に、胸騒ぎがいたしまする」

「気のせいじゃ」

信平が言って立ち上がると、善衛門が不服そうな顔を上げた。

「たまには、この年寄りの言うことを聞いてくだされ。殿はもうすぐ父親になられるのですぞ。生まれてこられるお子のためにも、命を大事にしてくだされ」

これには佐吉が怒った。

「御老体、それは言いすぎでござろう。まるで殿が負けると決まっておるように聞こえますぞ」

「黙れ。紫女井左京は、道謙様が一目置かれるほどの剣の遣い手。殿がそうおっしゃったのを忘れたか」

「忘れてはおりませぬ。しかし、殿は決して負けませぬ」

「分かっておる！　じゃが、胸騒ぎがしてならぬのじゃ」

信平の前に平伏する善衛門の尋常でない様子に、佐吉は声を失った。

信平は善衛門の前に座り、肩に手を伸ばした。

「手を上げよ、善衛門。そなたの言うとおりにいたす」

「まことでござるか」

「うむ。赤坂に控えておろう」

信平が飄々と言うと、善衛門は疑う目を向けた。

「御先手組と町奉行所に、おまかせくださるのでしょうな」

「松の顔を見てくる」

信平はそう言って立ち去った。

信平に頭を下げた佐吉が、善衛門に膝を詰める。

「御老体、いかがしたのです。いつもなら、励みなされ！　と言って、殿と共に悪党退治をされるではござらぬか」

「わしにも分からぬ」

善衛門は大きなため息をつき、自分の胸をつかんだ。

「狭山殿が斬られた日に紫女井の顔を見た時、わしは足がすくんでしもうたのだ。これまで、あのように恐ろしいと思うたことはない」

「確かに、五味殿の話を聞く限りでは、かなりの遣い手でござろう。しかし、殿が負けるとは思えませせぬ」

「おぬしは狭山殿のことを知らぬからそう思うのじゃ」

「狭山殿は、そのようにお強うござったのか」

「強い。これは殿もご存じないことじゃが、関谷殿があの歳で修行の旅に出られたのは、狭山殿に負けたからじゃ」

「なんと」

「ひと月前のことになるが、殿が関谷道場に通っておられたことを知った狭山殿が、関谷道場を訪ね、手合わせを頼んだ。少しでも殿の技を知ろうとされたのであろうが、おぬしも知ってのとおり、殿の剣は関谷道場のものではない。じゃが、関谷殿の剣は、殿に引けを取らぬものであった。それが、狭山殿に負けたのだ」

「では……」

「さよう。悔しいが、狭山殿を倒した紫女井は強い」

そう言い切った善衛門は、また大きなため息をついた。

「年寄りの弱気だと、笑え」

「笑えませぬ……」

佐吉は、躊躇う顔をした。

「ですが、殿がここで控えておられるあいだに、五味殿が命を落とすようなことになれば、殿は生涯、苦しまれるのではござらぬか」

「それを申すな。此度ばかりは、わしは恐ろしいのじゃ」

必死の形相で言う善衛門に、佐吉はこれ以上何も言えなかった。

四

「そろそろ、懐が淋しゅうなってきた」

口にくわえた肴《さかな》を舐めながら言うのは、左京の仲間の、筒井《つつい》某《なにがし》という浪人だ。

筒井は、腕の中に襦袢《じゅばん》姿の女郎を抱き、酒癖の悪い性根を表す、据わった目を左京に向ける。

左京は気にせぬ様子で、盃の酒を干した。

そばで横になっていた女郎が起き上がり、左京の胸に寄り添って媚《こび》を売る。

場末の女郎屋の二階部屋は狭く、男の体臭と女の白粉の匂いがまじり、むせるような暑さであった。

左京に目を向けていた筒井が言う。

「町方と先手組は、道場と武家屋敷の見廻りで人を割《さ》き、商家が並ぶ町は手薄だ。大店に押し入り、金をいただくか」

「その前に、二人斬る」

「ほう、誰を狙う。将軍家剣術指南役か」

「柳生宗冬《やぎゅうむねふゆ》など斬ったところで、名は上がらぬ。狙うは、宗冬の父柳生宗矩《やぎゅうむねのり》の弟子、本尾源内《もとおげんない》」

筒井が興味を示して身を乗り出す。

「その者は、将軍家の指南役より優れているのか」

「うむ。宗矩に教えを乞うた数多《あまた》の弟子の中で、生きている者では、本尾源内がおそらく最強。柳生天神流《やぎゅうてんじんりゅう》を開き、門人二百名を抱えているが、此度、加賀藩前田家《かがはんまえだけ》の剣術指南役が決まった」

「ほほう、将軍家も恐れる大大名の剣術指南か。確かにそやつを倒せば、天下に名が広まる。して、狙いはなんだ、前田家剣術指南役の座か」

「笑止なことを言う。ぬくぬくと暮らす者どもを相手に、道場で剣術の稽古などして何が楽しいのだ。強き者の血を吸わせてやらねば、この村正《むらまさ》が泣く」

左京は愛刀の鯉口を切り、妖しく光る刀身を眺めた。

そばに寄り添っていた女郎が怯えて、あらわにしていた肌に鳥肌を立てている。

「恐れることはない。この村正は、女の血を好まぬ」

左京が言うと、筒井が唇に卑猥《ひわい》な笑みを浮かべて訊く。

「して、もう一人は」

左京は、刀を納めて言う。

「鷹司、松平信平」

筒井がまた身を乗り出して問う。

「強いのか」

「知らぬ。が、かなりの遣い手だという噂を耳にしたことはある」

「鷹司と申したが、五摂家のあの鷹司か」

「さよう。出は鷹司家だが、今は旗本となり、赤坂に屋敷を構えている」

「公家の剣など、飾り物であろう」

筒井が馬鹿にしたように言うが、左京の目は鋭い。

「公家の者が遣う剣がどのようなものか、見てみたい」

「分かった。その二人を斬ったら、おれたちに力を貸してくれ」

筒井はそう言って、女郎の顎をつかんだ。

「せっかく江戸に来たのだ、たっぷり稼いでやろうじゃないか」

酒に酔っている女郎は、うつろな目を筒井に向けて微笑む。

左京は、胸に顔を寄せている女郎を離して立ち上がる。

「どこへ行く」

筒井が訊いたが、左京は答えずに出かけた。


加賀藩前田家の出稽古を終えた本尾源内は、三日後、正式に藩邸内に居を移す約束を交わして日暮れ時に帰った。

紋付き袴に大小を手挟《たばさ》み、門弟二人を従えている本尾が歩む姿は、すでに町道場のあるじではなく、立派な藩士だ。

従う二人の門弟も、本尾の家来として加賀藩の禄を食むことになり、自信に満ちた顔で道を歩いている。

一行は、本郷《ほんごう》の町中を抜けて水道橋へ出ると、神田川沿いの道を通って、牛込の道場へ帰ろうとしていた。

右手に水戸藩《みとはん》上屋敷の長大な土塀を見つつ歩み、勘定奉行の屋敷の門前を通り過ぎた時のことだ、人気の絶えた道を、前から一人の浪人者が歩んで来る。

それまで談笑していた門弟の二人が、急に黙り込んだ。

本尾の後ろを歩んでいた二人は、露払いをせんと前に出て、加賀藩士の家来として威厳を見せつけるように胸を張る。

黒塗りの笠を着けた浪人は、袂に入れていた手を出した。

笠を目深にしたまま、ゆったりと歩んで来る。

本尾の剣士としての勘が、男の危険を察知した。

「気をつけろ」

前をゆく門弟に言うと、二人の肩に緊張が浮く。

双方近づくと、男は立ち止まり、横を向いて道を空け、軽く頭を下げた。

前の二人は、男に警戒の目を向けている。

さらに近づくと、立ったまま頭を下げていた男が声を発した。

「本尾源内殿と、お見受けいたす」

門弟と本尾は立ち止まり、本尾が訊く。

「貴殿は」

「紫女井左京」

名を聞いた門弟が驚き、刀に手を掛けて左京と対峙し、本尾を守った。

それを見て、左京が問う。

「それがしの名をご存じか」

「奉行所から触《ふれ》が回っておる。拙者を狙うとは、愚かな奴じゃ」

「さすがは本尾殿、自信がおありのようだ」

左京が、じり、と前に出る。その刹那、場の空気が張り詰めた。

殺気を感じた門人たちが、抜刀して斬りかかる。が、左京は抜く手も見せずに抜刀して門人の胴を斬り払うや、後ろから斬りかかった門人の刀をかわし、足を切断した。

瞬時といえる速さで二人の弟子を斬られた本尾は、飛びすさって間合いを空け、抜刀した。

追って斬りかかった左京の刀を弾き上げ、返す刀で斬り下ろす。

左京は飛びすさってかわし、ふたたび前に出て袈裟懸けに斬り下ろした。

相手が攻撃に出る時の隙を突くのが、本尾の天神流。

左京の刀を受け流した本尾が、腕を狙って刀を打ち下ろす。

だが、左京は刀を横から弾き、両者飛びすさって間合いを空けた。

「さすがだ。ようやる」

左京は見くだした言い方をして、右手ににぎる村正の刀身を上に向け、ゆるりと左足を前に出す。そして、左の手の平を本尾に向け、村正の切っ先を後ろに向けて下げた。

本尾は正眼の構えから左手を脇腹に引き、切っ先をやや上に向けて構えた。攻守に優れた構えである。

両者に、死の間合いが生じた。

動いたほうが負ける。

だが、左京がやおら前に出る。

意表を突かれた本尾が、迫る左京の左手に惑わされ、慌てて斬り込む。

刀が交差し、両者がすれ違った。

胴を斬られた本尾が、呻き声をあげて倒れた。

本尾に背を向けたまま村正の血振るいをした左京が、静かに納刀し、その場を立ち去った。

五

将軍家指南役をも凌《しの》ぐと言われていた本尾源内が斬殺されたことは、武家の者を震《しん》撼《かん》させ、翌日には江戸中に広まっていた。

連日連夜の見廻りで疲れ果てていた五味は、明け方に奉行所へ戻り、小部屋でしばしの眠りをむさぼっていたのが、与力の出田にたたき起こされた。

「五味、客が来ているぞ！」

「誰です、朝っぱらから」

「女だ」

「お初殿」

五味は思わず口に出した。お初に違いないと思ったのは、たった今、お初の夢を見ていたからだ。

見えぬ糸で繋《つな》がれていると勝手に喜び、五味は飛び起きて同心の詰め部屋へ出た。

するとそこにいたのは、お初ではなく、痩せこけた女だった。

「なんだ、おさきか」

四谷に住むおさきは、仲間と共に一軒家を借り受け、そこで売春をしているもぐりの女郎だ。もてなしが良いと評判の女郎屋で、繁盛している。

見世《みせ》を牛耳《ぎゅうじ》るおさきが神妙な顔をしているものだから、五味は眉をひそめた。

「どうした、首の白粉も落とさないで来るとは、よほど急なことか」

「五味の旦那、うちの若い子が、とんでもないことを聞いちまったんだよう。昨夜斬られたお侍の名前を聞いて、びっくりしちまってさ。旦那にお知らせしなきゃって、急いで来たんだよう」

「本尾様のことか」

「他に誰がいるんだい」

「分かった。今茶を淹《い》れるから、落ち着いてゆっくり話してみな」

上がり框に座ったおさきは、五味の茶が苦いと言いつつも飲み干して、ひとつ息を吸って吐いた。

急かさず待っている五味に向き、改めて言う。

「うちに長逗留《ながとうりゅう》しているお侍が、本尾様を斬るって、言っていたらしいんだよ」

「なんだと！」

五味は目を見張った。

「なんでそれを先に言わないんだ」

「だって、お茶を飲めと言ったのは旦那じゃないのさ」

「そうだった。すまん。今の話は間違いないのか？」

「嘘を言いにわざわざこんなところに来るもんか。うちの子が今朝になって言うものだから、驚いちまってさぁ」

「その侍は、今も逗留しているのか」

「一人は昨夜出ていったきりで、仲間は今朝早く出ていきましたよ」

「なんで早く教えなかったんだ」

「本尾様が斬られたって聞くまで、忘れていたんですよ」

おさきは五味を手招きして近づけ、小声で言う。

「それよりか、もっと大事な話がありますよ」

「まだ何かあるのか」

「もう一人斬るって言ったらしいのだけど、狙われているのが鷹司のお殿様なんだよ」

五味は愕然とした。

「馬鹿野郎！　それを初めに言わないか！」

思わず大声を出した五味は、びくりとしたおさきにすまんとあやまった。

「よく知らせてくれた。恩に着るぞ」

「いいってことだよ。日頃世話になっているからね」

教えたからね、と明るく言ったおさきより先に立ち上がった五味は、信平に知らせるために出かけようとしたのだが、同じ部屋で聞き耳を立てていた出田に止められた。

「待て、お前はおれと来い！」

「どこへ行くのです？」

「決まっている。紫女井左京が戻ったところを召し捕るのだ。おさき、お前は帰って、普段どおりにしていろ」

「そ、そんな。怖いです」

「案ずるな。お前たちは、紫女井が戻ったら酒を出して、こっそり裏から逃げろ。我らは見世の近くの祥海寺《しょうかいじ》に控えておるからそこに来い。入れ替わりに我らが押し込む。協力するなら、これからも何かと便宜をはかってやるがどうじゃ」

「そういうことなら承知しました」

出田の命に従ったおさきは、急いで帰った。

五味が出田に言う。

「我らだけでは心細うございます。急いでみんなを呼び戻しましょう」

出田は首を横に振る。

「その暇はない」

「では信平殿にお知らせして、力を貸していただきましょう」

出田は認めない。

「信平様は、本尾殿を倒した紫女井に狙われているのだ。屋敷からお出ましいただくわけにはいかんだろう」

「出田様の言われること、ごもっとも」

五味は、危うく信平を危険に曝《さら》すところだったと思い、己の未熟を恥じた。

「されど、お前が申すとおり、ここにいる者だけでは、紫女井を捕らえるのは難しい」

出田が言うので、五味が顔を向ける。

「どうなさいます」

「ことがことだ、御奉行にご報告し、南町の応援を頼んでいただこう。市中に出ている皆を捜すよりはそのほうが早い。相手は少人数だ、互いが協力すれば、必ず捕らえられる」

出田はそう言うと、奉行のもとへ走った。

五味たちは支度を整え、戻った出田に従って奉行所を出た。

南町奉行所の連中も程なく出役し、総勢十六余名の捕り方が祥海寺に集結した。

そうとは知らぬ左京とその仲間たちは、昼前頃におさきの見世に戻り、二階の部屋に籠もって盗みの相談をはじめた。

女郎も遠ざけ、およそ半刻《はんとき》のあいだ話し合っていたが、頃合いをみたおさきが下から声をかけた。

「お客さん、酒をお持ちしましょうか」

部屋が静かになったので、おさきがごくりと唾を呑み、あきらめようとした。すると障子が開き、浪人が顔を覗かせた。

「持ってこい」

「はい、すぐに」

おさきは、出田に言われたとおりに酒を出し、下で待っていた女郎たちと裏から出て祥海寺に駆け込んだ。

「よし、手筈《てはず》どおりかかれ！」

出田が采配を振って、南町は見世の外を囲み、北町が裏口から突入した。

着物の下に鎖帷子《くさりかたびら》を着ている同心が段梯子をそっと上がり、障子を引き開ける。

「北町奉行所である！」

叫んで部屋に入ろうとしたが、すでに気付かれていた。

待ち構えていた浪人に腹を蹴られた同心が、後ろに控えていた捕り方を巻き込んで段梯子から転げ落ちた。

「怯むな！　行け！」

出田が怒鳴るや、下にいた捕り方が駆け上がる。

この時五味も、同輩の同心と共に段梯子を上がったのだが、左京たちは屋根から逃げた。

下では、南町の連中が網を張っている。

隣の屋根に移った左京たちであったが、次の家は通りを挟んでいるため、それ以上先には進めない。

二階から湧き出る捕り方を睨んだ左京は、下で待ち構える南町の連中の前に飛び下りると、村正を抜刀して斬り進んだ。

仲間の浪人たちも左京に続き、捕り方を斬っていく。

左京は、まるで鬼神のごとく進み、捕り方を圧倒した。

「だめだ！　囲みを破られる！」

屋根から見ていた五味が言った時、外の指揮を執っていた南町の与力が、左京に腕を斬られた。

「くそ！」

叫んだ五味が飛び下り、左京たちを追う。

逃げる左京は、呼子と捕り方たちの叫び声を背中に聞きながら走る。

道順から、左京が赤坂に向かっていることに気付いた五味が、

「させるか！」

そう叫び、手の者を連れて脇道に入った。

「どけ！　どいてくれ！」

天秤棒《てんびんぼう》を担いで品を運ぶ者たちや、荷を背負う商家の者たちを押しどけて走る。

まんまと先回りをした五味が、元赤坂の自身番《じしんばん》の前の木戸を閉めさせ、待ち構えた。

四辻《よつつじ》を曲がってきた左京たちが、木戸が閉められているのに気付いて立ち止まり、舌打ちをして引き返す。

追ってきた南町の捕り方たちに逃げ道を塞がれた左京は、何も知らない尼《あま》が寺の山門から出てきたのを捕まえ、押し入った。

「しまった！」

南町の者が慌てて追ったが、閉ざされた尼寺の門を打ち破って入ることを躊躇っ

た。

浪人者が、近づけば尼を殺すと言ったのだ。

南町の連中を掻《か》き分けて前に出た五味が、出田に言う。

「相手は極悪人です。打ち破って入りましょう」

「それはできぬ。尼が殺される」

「くそ！」

五味が土を蹴り、山門を睨んだ。

出田は、南町の連中に寺の裏を固めさせた。

配下の同心を呼び、

「急ぎ御奉行にお知らせして、寺社方を動かしていただけ」

こう告げて走らせた。

知らせを受けた村越長門守は、ただちに評定所《ひょうじょうしょ》に走り、左京らを捕らえに踏み込む許しを求めたが、寺社奉行が首を縦に振らなかった。

賊が立て籠もった新祥院《しんしょういん》は、俗世で苦労した末に仏に帰依《きえ》した尼たちが暮らす寺。その尼たちを死なせてしまうようなことになるのは、忍びないと言うのだ。

一旦賊の望みを聞き、出たところを捕らえるよう求める寺社奉行の案に、勘定奉行が賛同した。

そのようなことをして逃げられたら、左京たちをまんまと寺に入れてしまった北と南の町奉行所の面目は丸潰れだ。

追い詰めた寺で決着をつけたいと願う村越の頭に、妙案が浮かんだ。

「紫女井左京は、鷹司松平信平様と剣を交えたがっております。ここは、信平様にお出ましいただいてはいかがでござろうか」

すると、寺社奉行と勘定奉行が妙案だと言い、同席していた松平伊豆守は、愚策だと批判した。

その伊豆守に、勘定奉行が言う。

「こちらが下手《したて》に出て、多額の金を要求された場合、いかがいたします」

「応じれば、諸侯の笑い物じゃ」

伊豆守の言葉を受け、寺社奉行が言う。

「踏み込めば尼の命はありませぬ。おびき出すこともできぬとなれば、長引きますぞ」

「それこそ、世に示しがつきませぬ」

勘定奉行に言われて、伊豆守は珍しく苦渋の顔をした。

「ここはやはり、信平様に」

村越がそう言って詰め寄ると、伊豆守は決断した。

「仕方あるまい。上様にはわしからお伝えいたす。村越殿は、信平殿のもとへ」

「はは」

村越は評定所を辞し、赤坂ではなく、新祥院へ向かった。

山門を睨む五味が村越に呼ばれたのは、日が西にかたむきはじめた頃だ。

左京を信平に退治させると言われて、五味は驚いた。

「本気でございますか。相手は本尾様を斬った男ですぞ」

「ならばこそじゃ。人質を取られ、突入もできぬ状況で紫女井左京に立ち向かえるのは、信平様しかおらぬ。信平様お一人であれば、左京は入れるはずじゃ」

「そのような無謀なこと、わたしは頼めません」

「これは御公儀が下した命じゃ。信平様なら、左京を必ず退治してくださると、わしは信じている。信平様の強さは、お前がよう知っておろう」

「それはそうですが、紫女井には仲間もおります。人質を楯《たて》にしている者のところへたったお一人で行かせるのは、無謀！」

「これは決まったことだ。早う行け」

同心が奉行の命を断ることはできぬ。

五味は、重い足取りで信平の屋敷に行った。

六

五味は信平に、ここに来るまでのことをすべて話し、頭を下げた。

善衛門が拳を震わせ、片膝を立てて怒鳴る。

「なんと無謀な！　殿、奉行所の尻拭いをすることはありませぬ。きっぱりお断りなされ」

「そう申すな、善衛門」

信平が言うも、善衛門は引かなかった。

「なりませぬ。行ってはなりませぬ！」

五味が顔を上げ、膝を進めた。

「正直、おれも反対です。お奉行には、腹痛で動けないそうだと言うておきます」

帰ろうとした五味を、信平が呼び止めた。

「麿がまいろう」

信平はそう言うと、狐丸をにぎった。

善衛門が止めようとしたが、信平が制する。

「麿は、上様から江戸の安寧を頼まれている。これ以上、紫女井左京の悪行を許すわけにはいかぬ」

「では、我らもまいりますぞ」

善衛門が立ち上がり、佐吉と鈴蔵も続く。

信平は中井に言う。

「このこと、松の耳に入らぬよう頼む」

臨月を迎えた松姫に心配をさせたくない信平の気持ちを察して、中井が承知した。

元赤坂の新祥院は、信平の屋敷から近い。

屋敷を出た信平は、程なく到着した。

寺の周囲は奉行所の者たちが囲み、蟻《あり》一匹這い出る隙はない。

山門前に陣取っていた北町奉行の村越長門守が、信平の姿を見るなり床几から立ち上がり、頭を下げた。

「信平様、我らの力及ばずご足労願い、申しわけございませぬ」

「うむ。して、紫女井左京は」

「尼を人質に、手の者数名と共に寺の本堂に籠もっております」

「では、まいろう」

「お待ちください。まずは、紫女井に信平様との勝負を持ちかけます」

信平がうなずくと、村越が使者を立てた。

刀を御用聞きに預けた交渉役の同心が山門に近づき、大声で告げる。

「紫女井左京に申したきことがある、入るぞ」

中から返事はなかった。

「門を開けよ」

村越が命じると、捕り方の小役人が山門を開けた。

十手しか持たぬ同心が中に入り、四半刻も経《た》たないうちに戻ってきた。

村越に報告する。

「信平様との勝負、受けるそうです」

「して、中の様子は」

「他に浪人が四人おります」

同心はそう言って、信平に頭を下げて告げる。

「信平様お一人で入るようにとのことです」

「うむ」

信平は承知したが、善衛門が黙っていない。

「殿お一人で行かせるわけにはいかん。村越殿、見届け人を入れるよう言うてくだされ」

「あい分かり申した」

村越は応じたが、信平が止めた。

「よい、麿一人でまいる」

「なりませぬ！」

大声をあげる善衛門を制した信平は、一人で山門へ向かった。

白糸で鷹司牡丹《ぼたん》の刺繍を施した銀色の狩衣を着けている信平が、男子禁制の尼寺に足を踏み入れる。

追おうとした善衛門の腕をつかんだ佐吉が止めた。

「佐吉、放せ」

「御老体、殿は負けませぬ。信じて待ちましょうぞ」

「おぬし、よう平気でそのようなことを言えるのう」

「言えますとも。殿は、わしを倒したお人ですからな」

佐吉が言った時、信平を呑み込んだ山門が閉ざされた。

寺に入った信平の目に入ったのは、本堂を守る浪人どもの姿だった。

左京に殉《じゅん》じているのだろうが、本堂に上がる階《きざはし》に腰かけて尼を抱きすくめている姿は、見るに耐えぬ光景だ。

鋭くも冷静な目を向けて信平が歩みを進めると、待ち構えていた浪人どもが立ち上がった。

「松平信平じゃ。紫女井左京に伝えよ」

「左京様は、今眠っておられる」

薄ら笑いを浮かべてうそぶく浪人に、信平が目を向ける。

「話が違うようだが」

「さよう。貴様には人質になってもらう。さすれば、外にいる連中はますます手が出せまいからな」

「そううまくはいかぬぞ」

信平は言うなり、左手で小柄を投げ打った。

信平には見向きもせず、尼の後ろから身体を抱きすくめ、法衣《ほうえ》に手を入れていた浪人者の頬に小柄が突き刺さる。

「ぐぁぁ」

悲鳴をあげた浪人者の腕を払った尼が逃げていく。

気色《けしき》ばんだ浪人どもが一斉に抜刀する中で、一人の浪人が逃げようとした他の尼を捕まえて抱き寄せ、喉元に刃を突き付けた。

「腰の刀を捨てろ。さもなくば、この尼を仏にするぞ」

信平が、尼を楯にする浪人を見据えて言う。

「麿は貴様たちに用はない。大人しく立ち去るなら、見逃してやろう」

威嚇するような目をした浪人が、尼に当てた刃物に力を込める。

尼が目をきつく閉じ、歯を食いしばった。その尼の首筋から、赤い血が滴《したた》る。

「我らを見くびるな」

「それが答えか」

言った信平が、狐丸を腰から外し、足下に置いた。

浪人者が、勝ち誇った顔をする。

「素直にそうしていれば、この者の綺麗な肌を傷物にされずにすんだものを」

そう言って尼の首を舐め、信平に鋭い目を向けた。

「やれ！」

浪人が命じるや、他の浪人どもが斬りかかってきた。

信平は切っ先を見切り、紙一重でかわす。

次に斬りかかった浪人の刀を、身体を横に転じてかわす信平。と同時に右手を振り、小柄を投げ打つ。

尼を楯にしていた浪人者の首に小柄が突き刺さった。

呻き声をあげた浪人者は何もできず、力なく尼にもたれかかった。

悲鳴をあげて逃げる尼。

信平は尼の姿を見る間もなく、襲いくる刃をかわし、左手の隠し刀で相手の首の血筋を斬り払った。

一人残った浪人者が、信平の凄まじさに怖気付き、後ずさりして本堂に駆け上がった。

障子を開けようとしたその刹那、中から突き出された刀に胴を貫かれ、切っ先が背中から出た。

目を見開いて呻き声をあげた浪人者が、

「し、紫女井ぃ」

苦痛の声を吐く。

刀を引き抜かれた浪人者は、その場に倒れた。

信平は狐丸を拾い、腰に帯びつつ本堂に目を向ける。

すると、血に染まった刀で障子が開けられ、中から左京が現れた。

乱れた髪を束ねもせず、髑髏《どくろ》のように痩せこけた頬骨の奥に沈む目は、鷹《たか》のように鋭い。

「紫女井左京か」

信平が問うと、

「いかにも」

左京は応じて、懐紙《かいし》で血を拭う。

「鷹司松平信平じゃ」

信平が名乗ると、左京はじろりと睨み、不敵な笑みを浮かべる。

「一手、お相手願う」

言うなり、本堂から身軽に飛び下りた。

「相手をする前に、尼たちを解放しろ」

「ふん」

鼻で笑った左京が、刀を右手に下げる。

「案ずるな。中におる尼どもは、仏に向かって一心に念仏を唱《とな》えておる」

「さようか」

「では、まいるぞ」

左京の顔つきが変わった。

右腕を上げて切っ先を天に向け、さっと左足を出して右腕を振り下ろし、切っ先を後ろへ向けた。

左の手の平を信平に向けて腰を落として構える左京には、寸分の隙もない。

手の平から発せられる剣気が凄まじく、信平は一歩退き、狐丸を抜いた。

「まいる！」

左京は言うなり、猛然と前に出る。

信平の視界の中で、左京の手の平が増幅した。

鋭い剣気によって一瞬だけ惑わされた信平に、左京の刀が下から襲いかかる。

狐丸で受ける信平。

だがそれは、左京の手のうちだった。

左京は、信平が一の太刀を受け止めるや、手首を転じて姿勢を低くして右手を伸ばし、信平の太腿《ふともも》を狙った。

恐ろしく速い太刀筋に、信平は遅れを取った。

飛びすさってかわそうとした信平は、左京の切っ先で右足を突かれたのだ。

傷は浅いが、足に痛みが走り、血が流れるのが分かった。

間合いを空けた信平が、片膝をつく。

「くっ」

痛みに顔を歪めて右の太腿を押さえた指のあいだに、血がにじむ。

左京は顔色ひとつ変えずに刀を構え、追い打ちをかけた。

「むん！」

切っ先が地を這い、信平に迫る。

横に転じた信平が立ち上がると、左京が目の前に立ちはだかる。

打ち下ろされる刀を狐丸で受け流し、信平が攻撃に転じるも、左京は身軽にかわして刀を振るう。

息もつかせぬ攻めに、信平は狐丸で受け、隙あらば攻撃する。

両者一歩も引かぬ攻防が続き、刀と刀がぶつかる音が境内に響いた。

激しく斬り結び、互いに飛びすさった時には、左京も信平も息を荒くし、着物に血をにじませていた。

「お遊びは、これまでじゃ」

左京が言い、刀を眼前で立て、峰に左手を添えた。

「我が念頭流奥義、受けてみよ」

左京はその構えのまま、猛然と迫る。

信平は両手を広げ、左京が攻撃した刹那に身体を転じてかわす気でいる。

左京は、立てた刀を横に倒した。

左から真一文字に振るうと見た信平は、狐丸の柄を上にし、切っ先を下へ向けて受けた。

左京は一撃を受けられるや、その場で身体を横に転じ、信平の頭を刀の柄頭で打った。

同時に、信平の狩衣の袖が舞う。

左京に背を向けた信平は、狐丸を地面に立てて、片膝をついた。

息が上がり、頭を下げる信平の背後で振り向いた左京が、とどめを刺すべく、刀を振り上げる。

だが、顔を引きつらせ、振り上げた刀を落として突っ伏す。

信平は頭を打たれながらも、秘剣、鳳凰の舞で左京を斬ったのだ。

狐丸を杖にして立ち上がった信平は、歩みを進めて、山門から出た。

狩衣を血に染めた姿に、奉行所の連中が絶句する。

「殿！」

「殿！」

善衛門と佐吉が叫び、共に駆け寄る。

評定所から駆け付けていた寺社奉行が歩み寄り、信平に訊く。

「紫女井を討ち取られましたか」

信平が無言でうなずくと、

「これよりは我らにおまかせを」

寺社奉行はそう言って、配下を連れて山門からなだれ込む。

「殿、どこを斬られましたか」

案じる善衛門に、信平は笑みを見せた。

「大事、ない」

そう言った刹那、信平は倒れた。

周囲が騒然となり、受け止めた佐吉が叫ぶ。

「殿、殿！」

「殿！　目を開けなされ！」

善衛門の声が、信平を呼び戻した。

薄れゆく意識の中で、信平は善衛門に言う。

「松に、気をつかわせてはならぬ。よいな」

信平はそう言うと、首を垂れた。

周囲が騒然とする。

五味が同心たちを分けて駆け付け、信平の狩衣をつかんだ。

「おい、しっかりしろ。子が生まれるのだぞ！」

目を開けぬ信平に息を呑み、佐吉にしがみ付く。

「死んだのか。信平殿は死んだのか！」

「息はござる！　だがこのままではまずい」

「屋敷には戻れぬ。お隣へ運ぶぞ」

善衛門に応じた佐吉が、鈴蔵に命じる。

「渋川昆陽先生を紀州藩邸にお連れしろ、急げ！」

「承知！」

鈴蔵が昆陽を呼びに走り、佐吉は、奉行所の者が用意した荷車に信平を乗せると、紀州藩邸に向かった。

七

赤坂の紀州藩邸から信平の重篤《じゅうとく》を知らされた舅の頼宣は、夜ふけの町中で馬を飛ばし、単身で駆け付けた。

奥の座敷に寝かされ、意識のない信平を見るや愕然とし、そばに付いていた渋川昆陽に訊く。

「婿殿は、どこを斬られたのだ」

すると昆陽が、難しい顔で答えた。

「刀傷は、たいしたことはございませぬ。問題は頭です。頭の左が腫れておりますので、戦いの最中に、強打されたものと思われまする」

頭にさらしを巻かれた信平は、眠っているようにも見えるが、半日過ぎても、ぴくりとも身体が動いていないという。

頼宣は、下座に控えている善衛門を見て、廊下でうな垂れている佐吉と、鈴蔵に目を向ける。

「善衛門、何があったのじゃ」

訊かれて、善衛門は、紫女井左京と戦ったことを話した。

尼を救うために一人で戦ったのを知った頼宣は、苦渋の面持ちで信平を見た。

「たわけ者が。もうすぐ子が生まれてくるのだぞ。起きぬか、おい、信平、起きろ！」

信平を揺する頼宣を、昆陽が止めた。

「今は、信平様の生きようとするお力に頼るしかございませぬ」

「なんとかしろ、昆陽」

「こればかりは、どうにも」

「許さぬ。婿殿を死なせたら、打ち首じゃ！」

頼宣は叫んだものの、昆陽がどうにもできぬことは分かっている。いたたまれぬ思いを己の拳に込めて畳をたたき、辛そうな顔をうつむけた。


信平は、三日が過ぎても容態が変わらなかった。

帰らぬ信平を松姫が心配するのを恐れた善衛門は、お初に事情を告げて、お役目で、領地である上野《こうずけ》の多胡郡《たごおり》に出向いていることにしている。

町方同心ゆえに、紀州藩邸には入れてもらえぬ五味は、三日三晩、表門の前で正座し、信平の目ざめを待っている。このあいだ口にしたのは、お初が持って来たにぎり飯ひとつと水だけで、以後は、食を断っている。

頼宣はというと、信平が目ざめるまで帰らぬと言い、屋敷へ泊まり込んでいた。今朝までは頑張っていたのだが、歳には勝てぬらしく、這うように寝所へ行き、布団に滑り込んで眠っている。

善衛門と佐吉は、片時も離れず、信平の頭を冷やし続けている。

その甲斐あってか、

「だいぶ、腫れが引きましたぞ」

昆陽が信平の頭を触り、目や口を開いて診ると、手首の脈を取った。

「うむ。脈も強うなっておる」

この時、信平が眉間に皺を寄せた。

「殿、殿！」

善衛門が声をかけ、佐吉が祈るように手を合わせた。

襖が開けられ、隣で寝ていた頼宣が来る。

「どうした」

「たった今、目を開けようとされました」

昆陽が言うと、頼宣が信平のそばに座り、顔を覗き込む。

「早う起きぬか。松が待っておるぞ」

そう言うと、信平が微かに目を開けた。

「婿殿！」

「殿！」

皆の声に目を動かした信平が、頼宣を見た。

「舅殿」

「おお。わしが分かるか。分かるのだな」

「はい。ここは」

「わしの屋敷じゃ。たわけめ、松に心配させるなと言うたであろう」

うなずいた信平が起きようとしたので、皆が慌てて押さえ込む。

「まだ動いてはなりませぬ」

昆陽に言われて、信平は頼宣に顔を向けた。

「夢を、見ておりました。松のところへ行かねば」

「なんの夢じゃ」

「子が生まれる夢を、見たのでございます」

信平がそう言った時、廊下を急ぐ足音がした。

頼宣の家臣が廊下に現れ、

「お隣からご使者でございます」

と言うと、その者の後ろにお初が座った。

信平が目を開けているのに気付き、いつもは冷静なお初が目を潤ませた。そして、両手をついて言う。

「信平様、おめでとうございます。たった今、奥方様が元気な男《おのこ》をお産みになられました」

「して、松は」

信平は、真っ先に松姫のことを案じた。

「むろん、ご無事でございます」

安堵して目を閉じる信平の手を、頼宣がにぎる。

「婿殿。一足先に、孫の顔を拝みに行っておるぞ」

そう言うと、ゆるりとした仕草で廊下に出て、でかした、でかした、と言ったかと思えば、走っていく。

「佐吉、肩を貸してくれ」

「なりませぬ」

昆陽が止めたが、信平は起き上がった。

「大丈夫じゃ」

さらしを取り、頭を手で押さえる信平に、昆陽が訊く。

「いかがでござる」

「目まいはせぬ」

「無理は禁物ですぞ。お子のお顔を見られたら、横になってくだされ」

昆陽の許しが出たので、佐吉が喜び、信平に肩を貸した。

表門から出ると、雨風に打たれて薄汚れた五味が、おかめ顔をくしゃくしゃにして涙を流した。

「嫡男を授かった。共に喜んでくれ」

信平が言うと、五味は感激のあまりお初の足にしがみつこうとして、平手を食らった。

屋敷に帰った信平は、佐吉の手を借りて身なりを整えたあとに、松姫と子がいる奥御殿へ渡った。

信平が来たことを糸が告げると、頼宣が部屋から出てきた。

何も言わずにうなずく頼宣は、目を潤ませている。

信平は頭を下げた。

「早う行ってやれ」

背中を押されて、松姫の寝所に入った。

顔を向けて優しい笑みを浮かべる松姫に、信平は安堵する。そして、横に眠る我が子のそばに行き、顔を見た。

生まれたばかりで顔はまだ皺だらけだが、愛おしくてたまらない。

松姫の濡れた頰にそっと手を当てて拭い、手をにぎった。

「無事で何よりじゃ。頑張ったな」

「抱いてやってください」

「うむ」

まずは糸が子を抱き、信平に渡す。

ぎこちなく抱いた信平は、胸が熱くなり、おくるみの中で眠る我が子に言った。

「よう生まれてきてくれた」

「旦那様、名を決めてください」

信平は、松姫に笑みを浮かべた。

「ふ、く、ち、よは、どうじゃ」

すると、松姫が驚いた。

「決めておられたのですか」

「いや、この子を抱いた時に、思い付いた」

そう言ったが、ほんとうは先ほど、夢の中で呼び続けていた名だ。

「幸福の福、千代田の千代と書く」

松姫が笑みを浮かべる。

「福千代。良い名です」

「では、決まりじゃ」

信平は、福千代を松姫のそばへ寝かせてやり、柔らかい髪の頭を、そっとなでてやった。

八

福千代が誕生した五日後、将軍家綱に呼ばれた信平は江戸城にのぼった。

本丸御殿の黒書院に通されて程なく、上段の間に家綱が座り、御簾が上げられる。

裃姿で頭を下げている信平に、家綱が声をかける。

「信平」

「はは」

「紫女井左京の件、ご苦労であった。そなたのおかげで、郡兵衛をはじめ、斬られた者たちは浮かばれたであろう」

信平は、黙って目を下げた。

「怪我は、もうよいのか」

「はい」

「これからも、江戸の安寧のために励んでくれ」

「承知いたしました」

「世継ぎの誕生、めでたい限りじゃ」

「ありがとうございまする」

「名は決めたのか」

「はい。福千代と決めました」

「良い名じゃ」

「おそれいりまする」

「信平、上総国長柄郡下之郷村《かずさのくにながらごおりしものごうむら》千石を、そなたに与える」

家綱の告げに応じて現れた小姓が、目録を載せた三方を信平の前に置いた。

思ってもいなかった加増の言い渡しに、信平は驚いた顔を上げる。

「不服か」

「めっそうもないことでございます。謹んで、承《うけたまわ》りまする」

「うむ。これからも頼む」

「はは」

信平は、立ち去る家綱に頭を下げて見送り、三方を押しいただいて黒書院を出た。

赤坂の屋敷に帰り、まずは松姫に加増の報告をした。

「福千代誕生の祝いだそうだ」

松姫は嬉しそうな顔で応じ、三つ指をつく。

「おめでとうございます」

「松が子を産んでくれたおかげじゃ。これからも共に、家を守り立ててまいろうぞ」

「はい」

廊下に四十雀《しじゅうから》が舞い降りてさえずり、すぐそばの庭木に飛び移った。

良く晴れた日のことである。

本書は『乱れ坊主 公家武者 松平信平11』（二見時代小説文庫）を大幅に加筆・改題したものです。

|著者| 佐々木裕一　1967年広島県生まれ、広島県在住。2010年に時代小説デビュー。「公家武者　信平」シリーズ、「浪人若さま新見左近」シリーズのほか、「若返り同心　如月源十郎」シリーズ、「身代わり若殿」シリーズ、「若旦那隠密」シリーズなど、痛快かつ人情味あふれるエンタテインメント時代小説を次々に発表している時代作家。本作は公家出身の侍・松平信平が主人公の大人気シリーズ、その始まりの物語、第11弾。

乱《みだ》れ坊主《ぼうず》　公家《くげ》武者《むしゃ》信平《のぶひら》ことはじめ(十一)
佐々木《ささき》裕一《ゆういち》

講談社文庫
定価はカバーに
表示してあります

2022年12月15日第1刷発行

発行者——鈴木章一
発行所——株式会社　講談社
東京都文京区音羽2-12-21　〒112-8001
電話　出版 (03) 5395-3510
　　　販売 (03) 5395-5817
　　　業務 (03) 5395-3615

KODANSHA

デザイン—菊地信義
本文データ制作—講談社デジタル製作
印刷———株式会社KPSプロダクツ
製本———株式会社国宝社

Printed in Japan

ISBN978-4-06-530271-2

講談社文庫刊行の辞

二十一世紀の到来を目睫に望みながら、われわれはいま、人類史上かつて例を見ない巨大な転換期をむかえようとしている。

世界も、日本も、激動の予兆に対する期待とおののきを内に蔵して、未知の時代に歩み入ろうとしている。このときにあたり、創業の人野間清治の「ナショナル・エデュケイター」への志を現代に甦らせようと意図して、われわれはここに古今の文芸作品はいうまでもなく、ひろく人文・社会・自然の諸科学から東西の名著を網羅する、新しい綜合文庫の発刊を決意した。

激動の転換期はまた断絶の時代である。われわれは戦後二十五年間の出版文化のありかたへの深い反省をこめて、この断絶の時代にあえて人間的な持続を求めようとする。いたずらに浮薄な商業主義のあだ花を追い求めることなく、長期にわたって良書に生命をあたえようとつとめるところにしか、今後の出版文化の真の繁栄はあり得ないと信じるからである。

同時にわれわれはこの綜合文庫の刊行を通じて、人文・社会・自然の諸科学が、結局人間の学にほかならないことを立証しようと願っている。かつて知識とは、「汝自身を知る」ことにつきていた。現代社会の瑣末な情報の氾濫のなかから、力強い知識の源泉を掘り起し、技術文明のただなかに、生きた人間の姿を復活させること。それこそわれわれの切なる希求である。

われわれは権威に盲従せず、俗流に媚びることなく、渾然一体となって日本の「草の根」をかたちづくる若く新しい世代の人々に、心をこめてこの新しい綜合文庫をおくり届けたい。それは知識の泉であるとともに感受性のふるさとであり、もっとも有機的に組織され、社会に開かれた万人のための大学をめざしている。大方の支援と協力を衷心より切望してやまない。

一九七一年七月

野間省一

講談社文庫 最新刊

田中芳樹
創竜伝14
〈月への門〉
群がる敵を蹴散らしつつ竜堂兄弟は帰宅のための東進を開始！ 完結に向けて再始動！

藤本ひとみ
密室を開ける手
祖父の死、父の不審な行動、自らの幼少時の記憶。閉ざされた〝過去〟を開く鍵はどこに？

風野真知雄
潜入 味見方同心(五)
〈牛の活きづくり〉
獣の肉を食べさせる店に潜入して、悪党たちを退治。謎と珍料理があふれる痛快捕物帖！

橋爪駿輝
スクロール
若い世代の共感を得た全5編収録。鈍色《にびいろ》の青春を駆ける物語。2023年2月公開映画原作。

森 博嗣
積み木シンドローム
〈The cream of the notes 11〉
コロナ後の社会での新常識からエンジンへの偏愛まで、人気作家の100のエッセイ。

佐々木裕一
乱れ坊主
〈公家武者信平ことはじめ(十)〉
妻・松姫つわりの頃、信平は京の空の下。離れて育む愛もある。大人気時代小説シリーズ！

角田光代 石田衣良 ほか
こどものころにみた夢
23名の小説家・イラストレーターが夢をテーマに競作した超豪華アンソロジーを文庫化！

西尾維新
新本格魔法少女りすか4
りすか一行はついに、父・水倉神檎《みずくらしんご》のもとへ——。時を超える魔法冒険譚、感動の完結巻！

伊兼源太郎
Sの幕引き
〈地検のS〉
湊川《みなとがわ》地検の陰の実力者・伊勢《いせ》が、ついに積年の宿敵と対峙《たいじ》する。傑作検察ミステリー最終巻！

講談社文芸文庫

菊地信義　水戸部 功 編

装幀百花

菊地信義のデザイン

解説・年譜＝水戸部 功

装幀デザインの革新者・菊地信義がライフワークとして手がけた三十五年間の講談社文芸文庫より百二十一点を精選。文字デザインの豊饒な可能性を解きあかす決定版作品集。

978-4-06-530022-0
きL1

小島信夫

各務原・名古屋・国立

解説＝高橋源一郎　年譜＝柿谷浩一

妻が患う認知症が老作家にもたらす困惑と生活の困難。生涯追い求めた文学表現探求の試みに妻との混乱した対話が重ね合わされ、より複雑な様相を呈する――。

978-4-06-530041-1
こA11

椎名　誠　埠頭三角暗闇市場
真保裕一　取引
真保裕一　震源
真保裕一　盗聴
真保裕一　朽ちた樹々の枝の下で
真保裕一　奪取(上)(下)
真保裕一　防壁
真保裕一　密告
真保裕一　黄金の島(上)(下)
真保裕一　発火点
真保裕一　夢の工房
真保裕一　灰色の北壁
真保裕一　覇王の番人(上)(下)
真保裕一　デパートへ行こう!
真保裕一　アマルフィ〈外交官シリーズ〉
真保裕一　天使の報酬〈外交官シリーズ〉
真保裕一　アンダルシア〈外交官シリーズ〉
真保裕一　ダイスをころがせ!(上)(下)
真保裕一　天魔ゆく空(上)(下)
真保裕一　ローカル線で行こう!
真保裕一　遊園地に行こう!
真保裕一　オリンピックへ行こう!
真保裕一　連鎖〈新装版〉
真保裕一　暗闇のアリア
篠田節子　弥勒
篠田節子　転生
篠田節子　竜と流木
重松　清　定年ゴジラ
重松　清　半パン・デイズ
重松　清　流星ワゴン
重松　清　ニッポンの単身赴任
重松　清　愛妻日記
重松　清　青春夜明け前
重松　清　カシオペアの丘で(上)(下)
重松　清　永遠《とわ》を旅する者〈ロストオデッセイ　千年の夢〉
重松　清　かあちゃん
重松　清　十字架
重松　清　峠うどん物語(上)(下)
重松　清　希望ヶ丘の人びと(上)(下)
重松　清　赤ヘル1975
重松　清　なぎさの媚薬(上)(下)
重松　清　さすらい猫ノアの伝説
重松　清　ルビィ
重松　清　どんまい
重松　清　旧友再会
新野剛志　美しい家
新野剛志　明日の色
殊能将之　ハサミ男
殊能将之　鏡の中は日曜日
殊能将之　殊能将之　未発表短篇集
首藤瓜於　事故係生稲昇太の多感
首藤瓜於　脳男　新装版
島本理生　シルエット
島本理生　リトル・バイ・リトル
島本理生　生まれる森
島本理生　七緒のために
島本理生　夜はおしまい

講談社文庫　目録

田辺聖子　苺をつぶしながら
田辺聖子　不機嫌な恋人
田辺聖子　女の日時計
谷川俊太郎訳 和田誠絵　マザー・グース　全四冊
立花隆　中核VS革マル(上)(下)
立花隆　日本共産党の研究　全三冊
立花隆　青春漂流
高杉良　労働貴族
高杉良　広報室沈黙す(上)(下)
高杉良　炎の経営者(上)(下)
高杉良　小説 日本興業銀行　全五冊
高杉良　社長の器
高杉良　その人事に異議あり〈女性広報主任のジレンマ〉
高杉良　人事権！
高杉良　小説消費者金融〈クレジット社会の罠〉
高杉良　小説新巨大証券(上)(下)
高杉良　局長罷免―小説通産省
高杉良　首魁《しゅかい》の宴《うたげ》〈政官財腐敗の構図〉
高杉良　指名解雇

高杉良　燃ゆるとき
高杉良　銀行大合併〈短編小説全集(上)〉
高杉良　エリートの反乱〈短編小説全集(中)〉
高杉良　金融腐蝕列島(上)(下)
高杉良　勇気凜々
高杉良　混沌《こんとん》 新・金融腐蝕列島(上)(下)
高杉良　乱気流(上)(下)
高杉良　小説会社再建
高杉良　新装版 懲戒解雇
高杉良　新装版 大逆転！〈小説 三菱・第一銀行合併事件〉
高杉良　新装版 バンダルの塔
高杉良　第四権力〈巨大メディアの罪〉
高杉良　巨大外資銀行
高杉良　最強の経営者〈アサヒビールを再生させた男〉
高杉良　リベンジ〈巨大外資銀行〉
高杉良　新装版 会社蘇生
竹本健治　新装版 匣《はこ》の中の失楽
竹本健治　囲碁殺人事件
竹本健治　将棋殺人事件

竹本健治　トランプ殺人事件
竹本健治　狂い壁 狂い窓
竹本健治　泪《るい》香《こう》迷《めい》宮《きゅう》
竹本健治　新装版 ウロボロスの偽書(上)(下)
竹本健治　ウロボロスの基礎論(上)(下)
竹本健治　ウロボロスの純正音律(上)(下)
高橋源一郎　日本文学盛衰史
高橋源一郎　5と3/4時間目の授業
高橋克彦　写楽殺人事件
高橋克彦　総門谷
高橋克彦　炎《ほむら》立つ　壱 北の埋み火
高橋克彦　炎立つ　弐 燃える北天
高橋克彦　炎立つ　参 空への炎
高橋克彦　炎立つ　四 冥き稲妻
高橋克彦　炎立つ　伍 光彩楽土〈全五巻〉
高橋克彦　火怨〈北の燿星アテルイ〉(上)(下)
高橋克彦　水壁〈アテルイを継ぐ男〉
高橋克彦　天を衝く(1)〜(3)
高橋克彦　風の陣 一 立志篇

講談社文庫　目録

高橋克彦　風の陣　二　大望篇
高橋克彦　風の陣　三　天命篇
高橋克彦　風の陣　四　風雲篇
高橋克彦　風の陣　五　裂心篇
髙樹のぶ子　オライオン飛行
田中芳樹　創竜伝1〈超能力四兄弟《ドラゴン》〉
田中芳樹　創竜伝2〈摩天楼の四兄弟《ドラゴン》〉
田中芳樹　創竜伝3〈逆襲の四兄弟《ドラゴン》〉
田中芳樹　創竜伝4〈四兄弟《ドラゴン》脱出行〉
田中芳樹　創竜伝5〈蜃気楼都市《ミラージュ・シティ》〉
田中芳樹　創竜伝6〈染血の夢《ブラッディ・ドリーム》〉
田中芳樹　創竜伝7〈黄土のドラゴン〉
田中芳樹　創竜伝8〈仙境のドラゴン〉
田中芳樹　創竜伝9〈妖世紀のドラゴン〉
田中芳樹　創竜伝10〈大英帝国最後の日〉
田中芳樹　創竜伝11〈銀月王伝奇〉
田中芳樹　創竜伝12〈竜王風雲録〉
田中芳樹　創竜伝13〈噴火列島〉
田中芳樹　魔天楼〈薬師寺涼子の怪奇事件簿〉
田中芳樹　東京ナイトメア〈薬師寺涼子の怪奇事件簿〉
田中芳樹　巴里《パリ》・妖都変〈薬師寺涼子の怪奇事件簿〉
田中芳樹　クレオパトラの葬送〈薬師寺涼子の怪奇事件簿〉
田中芳樹　黒蜘蛛島《ブラックスパイダー・アイランド》〈薬師寺涼子の怪奇事件簿〉
田中芳樹　夜光曲〈薬師寺涼子の怪奇事件簿〉
田中芳樹　魔境の女王陛下〈薬師寺涼子の怪奇事件簿〉
田中芳樹　海から何かがやってくる〈薬師寺涼子の怪奇事件簿〉
田中芳樹　白魔《びゃくま》のクリスマス〈薬師寺涼子の怪奇事件簿〉
田中芳樹　タイタニア1〈疾風篇〉
田中芳樹　タイタニア2〈暴風篇〉
田中芳樹　タイタニア3〈旋風篇〉
田中芳樹　タイタニア4〈烈風篇〉
田中芳樹　タイタニア5〈凄風篇〉
田中芳樹　ラインの虜囚
田中芳樹　新・水滸後伝(上)(下)
田中芳樹／幸田露伴 原作　運命〈二人の皇帝〉
田中芳樹／土屋守　「イギリス病」のすすめ
田中芳樹《ほか》文／皇名月 画・文　中国帝王図
田中芳樹／赤城毅　中欧怪奇紀行
田中芳樹 編訳　岳飛伝(一)〈青雲篇〉
田中芳樹 編訳　岳飛伝(二)〈烽火篇〉
田中芳樹 編訳　岳飛伝(三)〈風塵篇〉
田中芳樹 編訳　岳飛伝(四)〈悲曲篇〉
田中芳樹 編訳　岳飛伝(五)〈凱歌篇〉
高田文夫　TOKYO芸能帖〈1981年のビートたけし〉
高村薫　李歐《りおう》
高村薫　マークスの山(上)(下)
高村薫　照柿(上)(下)
多和田葉子　犬婿入り
多和田葉子　尼僧とキューピッドの弓
多和田葉子　献灯使
多和田葉子　地球にちりばめられて
高田崇史　QED〈百人一首の呪《のろい》〉
高田崇史　QED〈六歌仙の暗号〉
高田崇史　QED〈ベイカー街の問題〉
高田崇史　QED〈東照宮の怨〉
高田崇史　QED〈式の密室〉
高田崇史　QED〈竹取伝説〉

2022年9月15日現在